¿A DÓNDE SE FUE EL MES DE OCTUBRE?

JMB Álvarez

Publicado por Ibukku
www.ibukku.com
Diseño y maquetación: Índigo Estudio Gráfico
Ilustración de portada y revisión de texto: Ana María Orellana Linares (Málaga -España)
Copyright © 2021 JMB Álvarez
ISBN Paperback: 978-1-64086-882-3
ISBN eBook: 978-1-64086-883-0

Capítulos

A Nino y a Nena...

UN PASEO POR LA MEMORIA

¡Más bien creo que así fue como se quedó en mis sueños! Yo me acuerdo de cuando todavía estaba lleno de gente, de ruido, de cosas por hacer y de aventuras en los días por venir; porque siempre lo que estaba por venir era más interesante y más anhelado que lo que estuviera sucediendo. Aquellos eran los tiempos en los que las vivencias que ya habían pasado sazonaban las del presente, mientras todos se preparaban para las que estaban por llegar.

Así era la vida en ese pueblo. Un pueblo cualquiera, donde todos se sentían en casa, porque allí había lugar para cada uno; donde todos se saludaban por el nombre y donde, además del nombre, también se conocía la historia que cada uno llevaba arrastrando. Y a cada uno se le aceptaba sin dificultad, con su nombre y con su historia; una historia siempre incompleta, inacabada, porque sin saberlo, en el trajín de su día a día, se seguían tejiendo los capítulos sucesivos de lo que era esa experiencia única de la vida en el campo, libre, sencilla y por demás interesante.

Fue precisamente en esos ambientes de vida celebrada a lo sencillo, donde el corazón se forjó con simpleza y sin complicaciones, libre de ansiedades inútiles y de zozobras inesperadas. En esos tiempos, todo invitaba a la ingenuidad serena y a la confianza en el porvenir. Era allí, en la convivencia cotidiana con gente honesta y buena, cuando se aprendía a soñar y a apostar por el futuro como una experiencia que valdría la pena. En ese entonces, el corazón descansaba con reposo, libre de sobresaltos inútiles, satisfecho con lo que tenía, porque allí podía encontrarse lo necesario, lo suficiente, lo que bastaba; y nadie sentía necesidad de algo más.

¡Pero luego, todo cambió! Las cosas ya no fueron como antes, las gentes ya no fueron como antes, y las aventuras vividas, ya no fueron como antes. ¡Todo cambió! Sin embargo, las memorias se quedaron frescas, tan frescas como el olor a bosque lleno de pinos, ese olor que todavía me hace sentir en casa a pesar de haber caminado en tantos otros bosques. Todo se quedó tan fresco en la memoria como el olor a tierra mojada cuando llueve, porque allá, la tierra huele de una manera especial; tan especial y distinto es ese aroma, que a pesar de haber caminado en otros muchos suelos mojados, no he logrado percibir alguno que se parezca a aquel que llenaba mi vida después de las frescas tardes lluviosas. Sí, es eso, los recuerdos se quedaron frescos, tan frescos como el olor a fruta madura colgando de los árboles, invitándote a la saciedad cuando pasabas cerca de ellos; porque en ese entonces no se podía uno resistir a la tentación de extender la mano y arrancar de la rama uno de esos duraznos sabrosos, de esos membrillos ácidos, de esas peras jugosas, de esas manzanas rojas, de esas granadas abiertas o una de esas ciruelas dulces… y es que en ese entonces, en los huertos de por allá, se daba de todo.

Pero luego, algunos nos tuvimos que ir… ¡Nos alejamos de allí! Y sin percibirlo, pasó el tiempo. Los días y las semanas se fueron sin sentir, se acumularon los meses y luego los años, y ahora, cuando los caminos nos llevan a ese lugar que nos vio nacer y crecer, descubrimos con sorpresa que ya nada es igual. ¡Todo cambió! Lamentablemente ese cambio se ha vuelto fuente de desencanto para los que en el corazón guardamos con celo las memorias de ayeres que se niegan a desaparecer. Pero lo cierto es que ahora todo es distinto y eso nos impacta cuando allá volvemos, esperando encontrar todo tal y como lo habíamos dejado. ¡Pero nadie se atreve a reclamar ese cambio! Duele que ahora nada sea lo mismo, pero no se habla de ello, y cuando el destino nos lleva de nuevo a visitar esos ambientes, todos nos quedamos callados, sin quejarnos, porque no queremos que los que allí se quedaron nos reprendan por habernos ido, por haberlos abandonado. Por eso cuando volvemos, hacemos como si todo siguiera igual, y no dejamos que los que siguen viviendo allí perciban nuestro desencanto, nuestra decepción, nuestras añoranzas. ¿Sabe usted? Ellos ya tienen suficiente como para hacerles cargar también con nuestros pesares, como para hacerlos sufrir con nuestras nostalgias. Es que no es fácil seguir viviendo allí, en el hastío permanente de un hoy sin ayeres… y sin mañanas. Están todos ellos tan ocupados en sobrevivir el presente que ya se olvidaron del pasado, y como no saben cuándo va a llegar el futuro, pues allí siguen, prolongando el empacho de lo mismo una y otra vez, sin que eso logre satisfacer los anhelos de vida que en el corazón de los niños debería agitarse con esperanza; en el corazón de los jóvenes debería agitarse con inquietud; en el corazón de los mayores debería agitarse con satisfacción y, en el corazón de los viejos, debería agitarse con gratitud. Pareciera que en vez de todo eso, en el corazón de quienes se quedaron allá, lo único que se agita sin parar ¡es el hartazgo!

DEL LUGAR DONDE COMENZÓ TODO

¡Esos eran otros tiempos! En ese entonces todavía quedaba mucha gente en el pueblo, las casas de adobe y de pretiles altos con canales de cantera por las que salía el agua de lluvia cuando llegaban las tormentas, esas casas viejas y hospitalarias estaban todas habitadas; sus puertas y ventanas abiertas nos hablaban de vidas viviéndose y de historias tejiéndose en su interior. Historias que se pretendía disimular con las cortinas que colgaban en puertas y ventanas, y que servían para evitar que se metiera mucho polvo, además de esquivar las miradas curiosas de los que pasaban por la calle.

En ese entonces nadie era consciente de la dicha de vivir allí porque eso era lo único que todos conocían, y a nadie le parecía la gran cosa. Cada mañana se recibía el sol saliendo de detrás de las montañas en el oriente y se vivía y se vivía hasta que ese mismo sol iba a esconderse detrás de las cordilleras en el poniente. La cruz que desde hacía mucho tiempo atrás habían colocado en la cumbre del Cerro del Agua Caliente seguía cobijando al pueblo y sus habitantes. La vieja iglesia que se había construido en los finales del siglo anterior, con la ayuda de las mujeres que acarreaban el agua desde el río en las noches de luna llena (porque en ese entonces todavía no había agua potable en el lugar), esa misma iglesia de vigas cuadradas y macizas y de puertas grandes y sólidas, seguía siendo espacio sagrado para la búsqueda interior de muchos allí en el pueblo. La escuela, donde las generaciones jóvenes aprendían las letras y los números, era la misma escuela donde las generaciones pasadas habían aprendido a leer y a hacer cuentas; en sus pupitres viejos y desgastados de madera sólida se habían sentado los abuelos, luego los padres y ahora se sentaban en ellos los nietos.

En ese entonces, la vida del pueblo era tan prometedora, que hasta unos fuereños llegaron a vivir allí con todo y familia. Ellos fueron a trabajar las tierras a medias, trayendo esposa e hijos, que iban a la escuela mientras sus señoras madres iban a lavar su ropa al pozo, porque no sé si usted lo sepa, pero allá se tiene *la bendición de las aguas termales,* y allí, lavando ropa en el pozo, compartiendo el jabón y la vida, estas fuereñas se hicieron amigas con las oriundas del lugar. Era común experimentar, en el diario vivir del pueblo, cómo este estaba lleno con la algarabía de gente viviendo, y eso era algo bien bonito, porque por todas partes uno veía a los hombres ocupados en sus faenas cotidianas, mujeres a prisa porque a ellas nunca les alcanzaba el tiempo, jóvenes divirtiéndose, porque eso es lo que mejor sabe hacer la juventud, y niños que jugaban sin descanso porque, como la niñez dura tan poco, hay que aprovecharla al máximo jugando sin parar.

En esos tiempos el cielo era más azul, más diáfano y también más misterioso; una impresión única, solamente interrumpida cuando algún avión pasaba surcando esas alturas. Al escuchar aquel ruido, los ingenuos habitantes de ese pueblo salían a la calle y gritaban: ¡*Adióoos!* mientras agitaban sus manos, convencidos de que, quienes viajaban en el aeroplano, les estaban contemplando desde arriba. ¡Y sí los veían! Desde allá arriba, los pasajeros del avión contestaban el saludo, observaban con detalle y se quedaban maravillados de la belleza de un paisaje que solo existe en los cuentos.

Allí, a la vera de un río fuerte y cantarín, junto al vado, se levantaba un lugar pintoresco. Hasta el avión llegaban los vapores que despedían los hervideros de aguas termales. Los pasajeros en el avión sabían que lo que estaban oliendo no era el combustible quemado del aeroplano, sino los vapores del agua caliente, que desde siempre le ha dado a ese lugar orgullo y bendición. Desde allá arriba se podía mirar muy bien los sembradíos de maíz, de frijol, de alfalfa, de sorgo; y entre las cañas de maíz enhiestas y fuertes, se alcanzaba a observar cómo se desenrollaban, cual serpientes entre los surcos, las matas de sandía, de calabaza y las de chilacayote, porque esas se arrastran por el suelo sin molestar la milpa. Desde el avión, se podía mirar también los techos de las casas, cubiertos con el chile que se da en esa región, y que después de haberlo pizcado, lo dejaban allí, olvidado sobre los tejados, para que el sol fuerte que brilla en esa tierra lo secara y se pusiera colorado,

13

y entonces se pudiera conservar sin problema el resto del año. Se podía mirar también a los hombres del pueblo montados a caballo, con sus cabezas cubiertas por el infaltable sombrero, trabajando sin cesar para que a la familia no le faltara nada. Se podía ver también a las mujeres del lugar yendo de un lado para el otro y protegiéndose la cabeza con las sombrillas de colores, esas que evitaban que el sol del mediodía les tostara la piel. Se podía contemplar las manadas de burros corriendo por el campo, las vacas pastando en el agostadero y los perros moviendo la cola y acompañando al amo con fidelidad a prueba de todo. Eso y más miraban desde arriba los viajeros que pasaban volando en el avión, y entonces ellos pensaban que la gente que vivía allí abajo era muy afortunada y ellos hubieran dado lo que fuera por ser de allí, por poder compartir el estilo de vida de todos aquellos agraciados; pero no había forma de que los oriundos se dieran cuenta de las envidias que despertaban porque ellos no eran conscientes de la dicha de haber nacido y de vivir en ese pueblo; ellos, al hablar de sus orígenes solamente decían: *Pues mire usted, ya qué. Aquí nos toco nacer...*

De los amaneceres y las mañanas

Como en ese tiempo en el pueblo no había muchos relojes de esos con despertador, eran los gallos los que anunciaban que ya era hora de comenzar la jornada y de salir de la cama para ir a ordeñar las vacas, atender a los becerros o ensillar los caballos para irse al monte. En ese tiempo, los señores subían mucho al monte porque allí tenían ganado que contar, bestias que atender o cercas por reparar. La "ida al monte" tomaba toda una jornada de trabajo, comenzaba temprano por la mañana y de allá solo se bajaba al atardecer. Usualmente regresaban muy cansados y enfadados, porque esas faenas no eran cosa fácil, eran *una friega que desgastaba mucho*.

Pero aunque no hubiera subida a la montaña, en ese pueblo había que madrugar todos los días porque la jornada comenzaba bien tempranito, ya que había que aprovechar la luz natural para hacer todo lo que se pudiera, y porque todos tenían comprobada la certeza del dicho popular que dice: *al que madruga, Dios le ayuda.* Por eso los papás renegaban mucho cuando los hijos no querían dejar la cama para levantarse a ayudar en las distintas tareas que el amanecer traía consigo. Cuando eso sucedía, les gritaban y les decían que *si se quedaban de flojos toda la mañana, pues no iban a llegar a ninguna parte.* Los padres se enojaban porque querían que sus hijos llegaran lejos, que no se quedaran allí sin hacer nada ya que, *tirados en la cama sin levantarse, no se iban a hacer verdaderos hombres.* Y ni modo, había que alzarse para ayudar en todo lo que se pudiera. El quehacer de cada uno dependía de su edad y de sus capacidades: sacar agua de la noria, meter la leche recién ordeñada en la cocina, darles algo de alimento a las vacas antes de llevarlas al potrero, asegurarse de que las trancas que tapaban la entrada al corral estuvieran en su lugar para que no se fueran a meter las bestias, moler el nixtamal para las tortillas, alimentar a las gallinas, regar el patio de la casa para que los que por allí pasaran no levantaran mucho polvo. En fin, siempre había algo que hacer para todos, ¡así era entonces!

Las señoras también se preocupaban porque las hijas se levantaran temprano y se pusieran a ayudar en los deberes del hogar. Allí en el pueblo desde siempre ha habido manantiales de agua hirviendo desde los cuales se alimentan los pozos donde la gente suele ir a bañarse, pero también hay pozos de agua caliente para lavar la ropa, y hasta allá iban las mujeres, bien tempranito, cuando todavía no aclaraba el día, cargadas con sus tinas de ropa sucia. Había algunas que se levantaban incluso más temprano que los hombres para ir a lavar y luego regresar a tender la ropa, que sin duda se secaría pronto porque iba a aprovechar todo el sol de la mañana. Levantarse temprano les daba el tiempo suficiente para preparar el almuerzo (allá se le dice almuerzo al desayuno). Ellas tenían que tener todo listo en la mesa para cuando los hombres regresaran del río, a donde habían ido muy temprano, apenas cumplidas las faenas matutinas en los corrales, para saber si había alguna novedad. Así pues, cada mañana, las mujeres se levantaban más temprano, y por eso afanaban más que los hombres, pero ellas no podían quejarse, porque allá los hombres eran los que se atareaban con tanto por hacer; las mujeres no trabajaban, nomás se quedaban en la casa; lavando, cocinando y planchando. La preocupación por tener la casa bien limpia era grande porque no les gustaba que les dijeran "cochinas" (así les decían a las que no limpiaban su casa o no barrían bien el patio). Algunas de esas mujeres incluso ayudaban a ordeñar, a dar alimento a los animales, se ocupaban de tener todo en orden y hacían muchas cosas que les cansaban; pero cuando los que levantaban el censo les preguntaban por su oficio, ellas decían que no trabajaban, que eran "amas de casa".

Cuando la mañana era joven todavía, todas las calles del pueblo se llenaban del aroma que salía de las cocinas porque, en esos tiempos, todas las cocinas tenían una ventana que daba a la calle y por allí se colaban los olores para hacer saber a los que pasaban por fuera, lo que la familia estaba comiendo esa mañana. Para desayunar, las señoras preparaban tortillas de maíz hechas a mano; allí se paraban ellas, junto al comal desde donde las sacaban bien esponjaditas y las aventaban al centro de la mesa para que se las fueran comiendo con cuajada, con requesón o con los frijoles guisados; como a todos les gustaban tanto los frijoles, siempre había una cazuela llena de refritos en la mesa. Había ocasiones en que también preparaban machaca porque allá era común tener cecina de carne seca en su despensa, mientras que en otras guisaban huevos, de esos que habían puesto las gallinas el día anterior, de los que hoy llaman orgánicos; pero en ese entonces nadie sabía que estaba comiendo huevos, verdura o fruta orgánica, aunque todo era orgánico porque venía directo del nido, del surco o del árbol a la mesa, y no usaban pesticidas, fertilizantes ni comida rara para los animales, por eso todo era saludable y no hacía daño. Quizá por eso la gente duraba tantos años, estaba sana y no se moría antes de tiempo. Lo cierto es que el almuerzo siempre estaba muy sabroso. Algunas veces, las mujeres de la casa, para satisfacer el antojo de la familia, hacían "machitos" (gordas gruesas que se preparan con masa de nixtamal). Los preparaban con masa de maíz que luego freían en manteca de res, los abrían por la mitad y les ponían sal y chile caribe desquebrajado para darles más sabor.

Cuando terminaban de almorzar, todos se levantaban de la mesa bien satisfechos porque lo que se comía siempre se acompañaba con un vaso grande de café con leche, pues *nutría mucho,* así que al final todos se sentían *llenos de más,* y quedaban listos para continuar con la jornada. Los chiquillos se iban a la escuela porque esa era su obligación principal, para que *aprendieran y nadie los fuera a hacer tarugos en la vida* porque mire usted: *La mejor herencia que los padres pueden dejarle a sus hijos, pues es la educación, no es necesario que sepan mucho, pero por lo menos que aprendan a escribir bien su nombre, ya que eso nadie se los quitará, ah y que aprendan también a hacer cuentas, para que nadie se los vaya a hacer mensos o les vaya a ver la cara.* Por su parte, los señores se marchaban al campo para su jornada de trabajo. Se les preparaba el itacate de tal manera que, a eso de la media mañana, pudieran echarse un *tentempié,* no se fueran a debilitar, porque les podía entrar anemia. De ahí la costumbre de cargar en las alforjas de la montura sus burritos, sus gorditas o algo que con mucho cariño les habían preparado las mujeres de la familia y que servía para *calmar la tripa* antes de regresar a casa para la hora de la comida.

Cuando finalmente se quedaban solas en casa, las señoras y las hijas mayores se dedicaban a las tareas del hogar, a barrer, a trapear y a remendar los pantalones rotos de los hombres de la casa que, como bien podía verse, eran buenos para acabar con la mezclilla. Dedicaban largas horas a planchar ropa porque *mujer que se diera a respetar, debería de traer bien planchados a los de la casa.* Por supuesto que también se debía poner el necesario esfuerzo en preparar la comida y tenerla lista cuando llegaba el papá del trabajo y los hijos de la escuela. Todas estas labores del hogar, las mujeres de ese pueblo las acompañaban con la música que salía desde el viejo radio de pilas, que mantenían tocando a todo volumen y que servía para despertar en el corazón de esas mujeres tan trabajadoras y buenas, sentimientos y emociones guardados en silencio que solían expresar cantando a toda voz las canciones que sonaban sin parar en su estación favorita. Así era como las mañanas soleadas y llenas de trabajo se convertían en el único testigo mudo de los sentires de aquellas hembras que, sin proponérselo y sin siquiera saberlo, eran la fuerza que marcaba el rumbo de todo cuanto sucedía en ese lugar.

DE LAS TARDES Y LOS ATARDECERES

Ya bien pasado el mediodía, la familia se sentaba a comer. En esos tiempos, la gente de por allá solía tener la hora de la comida bastante tarde porque todo mundo estaba muy ocupado haciendo sus respectivas tareas. Los hijos salían tarde de la escuela y los señores regresaban tarde de sus ocupaciones en la labor del campo, y eso estaba bien, porque así les daba tiempo a las mujeres de la casa a preparar una buena comida. Cuando la familia se sentaba a la mesa, todos saboreaban lo que se ponía sobre ella. Era entonces que el buen gusto de aquellos platillos recordaba, no solo la dedicación de la mamá, sino también el amor tremendo con que había preparado cada unos de los guisos, que se acompañaban con las tortillas de harina que recién hechas saben mucho más rico. Se las comían con el guisado de papas con chile colorado o de chile verde con queso, con las albóndigas o con la gallina con chile ancho que sabe a gloria. Por cierto, al terminar de comer, todos quedaban convencidos de que lo que allí se compartía era el mejor manjar del mundo, y sabían bien que en ningún otro lugar de la Tierra serían capaces de encontrar platillos tan exquisitos o tan especiales. Era entonces, cuando todos se sentían privilegiados de contar en casa con una mamá que fuera capaz de cocinar así de sabroso, de tener en casa una mujer que pusiera el sello del amor a todo cuanto llevaba a cabo.

Durante la comida, los más jóvenes de la familia platicaban con entusiasmo de todo lo sucedido en la escuela. La mamá compartía todos los trabajos que había realizado durante la mañana y les narraba lo difícil que había sido decidir qué preparar para la comida. Las hermanas mayores hablaban de las conversaciones que esa mañana habían escuchado en el pozo mientras lavaban la ropa y, al escuchar las desventuras que algunas mujeres habían compartido, en la familia se compadecía a doña fulanita porque con ese hijo tan vago que le tocó, la pobre no sabía qué hacer, pero claro *salió igualito de borracho y desobligado que el papá, así que no hay remedio que valga...* El padre de familia, por su parte, compartía todo lo que había hecho durante la mañana de trabajo, *de cuánto había batallado con los animales y de lo seca que se estaba quedando la parcela por la falta de lluvia.* Se quejaba también del mucho trabajo que ocasionaba tener que bajar las vacas a beber agua al río porque, sin lluvia, era imposible que los estanques de allá arriba del monte tuvieran el agua suficiente para que bebieran los animales. El papá se quejaba también de la cerca que necesitaba reparación porque se vino abajo dejando expuesta la parcela, y de muchas otras contrariedades que ofuscaban su vida; y entonces, los más pequeños de la familia, al escuchar al papá quejarse tanto, se daban cuenta de lo difícil que es ser un adulto responsable, y así aprendían que si querían ser alguien en la vida, había que trabajar duro, aprender a hacer muchas cosas y mantenerse siempre ocupados. Por eso ayudaban en todo lo que podían, no había quien quisiera ser un "bueno-para-nada", todos anhelaban ser un hombre de bien. Comprendían entonces que el papá tenía razón cuando le decía a los hijos: *A ver si te apuras en la escuela, no quiero que vayas a reprobar el año, para que pronto salgas de sexto y te pongas ayudar en las cosas de la casa.* ¡Era importante terminar pronto la escuela para empezar a trabajar en serio!

Al acabar de comer había que seguir con la faena pues parecía que esta no tenía fin. Las mujeres se ponían a recoger los trastes para lavarlos y los hombres se aseguraban de que todo estuviera en orden en el corral con los animales. Había veces en que también tenían que regresar nuevamente a la huerta o al cercado para revisar que todo estuviera bien. Se aseguraban también de que, en el corral, las vacas estuvieran encerradas sin el becerro porque luego se mamaban la leche y no dejaban nada para el ordeño de la madrugada siguiente. Ya cuando todo estaba en su lugar y no quedaban pendientes, entonces se agarraba la toalla para ir a darse un baño al pozo; como allí *no se paga por el agua caliente,* estar limpio era una obligación. Era entonces cuando el pozo se empezaba a llenar de gente, y era también a esa hora de la caída de la tarde cuando por aquí y por allá, en distintas esquinas del pueblo se empezaban a armar los cabildos donde los señores aprovechaban para descansar. Los que se reunían en el billar hacían equipos para jugar al pool (los señores mayores jugaban al póker, al conquián o a cualquier otro juego de baraja que les ayudara a olvidar el trajín del día). En la cantina se pasaba el rato pidiendo rondas de sodas, aunque algunos también tomaban cerveza; las sacaban de la hielera y se las repartían entre los presentes y, en una lata vacía, juntaban las corcholatas porque con ellas hacían luego las cuentas para pagar el consumo una vez que terminaba el descanso vespertino.

Al comenzar la resolana de la tarde, las mujeres sacaban el tejido para hacer algo mientras se juntaban a platicar en los banquitos que estaban a la entrada de las casas. Allí pasaban la tarde, platicando y tejiendo croché, haciendo colchas para la cama, manteles para la mesa, bufandas para el marido o gorras para los hijos. Mientras platicaban y tejían, eran interrumpidas por los chiquillos que llegaban a pedir permiso para ir a las canchas, a nadar al río o a jugar allá por la iglesia dependiendo de la temporada, pues esta era la que marcaba lo que se tenía que hacer en el tiempo libre. Las muchachas aprovechaban la tarde yéndose a bañar al pozo de las mujeres. Ansiosas esperaban el momento para ir a platicar con el novio o para juntarse con las amigas y aprovechar la caída del día para salir a caminar por las calles mientras platicaban en voz alta. Los muchachos se iban al campo donde están las canchas y allí se armaba el partido de voleibol, de béisbol o de fútbol, que dependía de la temporada. Los más pequeños formaban equipos para jugar a la roña, al bote o a las escondidas. Algunas veces se jugaba a los balazos, queriendo imitar la última película que habían proyectado los del cine cuando venían al pueblo. Se jugaba y se corría toda la tarde, y, al final, acababan todos cansados, llenos del polvo que se levantaba mientras se corría sin descanso por esas calles de tierra suelta.

Mientras tanto, las señoras seguían allí, sentadas, conversando y tejiendo hasta que comenzaba a pardear. Ya cuando el sol se había ocultado, se metían a sus casas, porque ya era el momento de poner los frijoles en la lumbre. Era entonces cuando las tardes se llenaban de aromas sabrosos, pues una vez más, como sucedía por la mañana, las ventanas de la cocina que daban hacia la calle dejaban escapar el ruido de los frijoles cayendo en la manteca caliente y, desde fuera podía percibirse el olor de la cena. Todo estaba listo y calientito cuando los niños empezaban a llegar a casa, porque si no llegaban a tiempo, la mamá les regañaba. Los papás llegaban más tarde, cuando ya toda la casa olía a café de olla y los frijoles estaban guisados. A un lado de los frijoles siempre estaba la mantequilla de rancho, esa que le da un sabor bien bueno a todo y que provoca que uno quiera más cuando la prueba. Y en torno a la mesa, la familia completa se sentaba a cenar y a compartir las aventuras del día mientras los más jóvenes de la familia peleaban entre sí por cualquier cosa y los adultos aprovechaban para ponerse de acuerdo sobre lo que había que hacer a la mañana siguiente. Pero si el bullicio que hacían los que estaban cenando se hubiera calmado un rato, todos se hubieran dado cuenta de lo callada que se iba quedando la calle y, si en lugar de seguir mirando el pan caliente que la mamá había horneado y ahora colocaba al centro de la mesa, se hubieran asomado por la ventana que daba hacia fuera, se hubieran dado cuenta de lo oscuro que se estaba quedando todo… entonces, se hubieran percatado de que ya había caído la noche.

DE LAS NOCHES Y LOS NOCTURNOS

Era ya entrada la noche cuando la gente del pueblo se iba a dormir, aunque no todos se dejaban conquistar por el cansancio porque era común que a deshoras, cuando el reloj marcaba pasadas las diez, al cobijo de las sombras, se escuchara el canto solitario de algún trasnochado que, caminando por las calles vacías y a la luz de la luna, recordaba a todo el pueblo adormilado que la vida sigue, que el sueño no les llega a todos por igual, sino a los más viejos y a los más chiquillos. Los trasnochados vagaban sin rumbo fijo por las calles y cantaban así, a voz en cuello, sin vergüenza, aunque no fueran bien entonados porque eso no importaba mucho. Cantaban a todo lo que da porque esa era la única manera de ahuyentar el silencio de la noche, ese que puede contagiar el corazón con toda clase de temores cuando no se espanta cantando fuerte.

Tampoco dormían los enamorados porque la noche se volvía cómplice de esas citas clandestinas en la ventana, donde se cuajaban historias de amor con futuros prometedores. Mientras esto sucedía, la luna se escondía tras las nubes para no ser testigo del beso robado, de la reconciliación callada o del silencio lleno de promesas. Al cerrarse las ventanas, después de que la pareja había vivido esa experiencia disimulada, ellas se iban a dormir complacidas mientras ellos se alejaban silbando, con el corazón satisfecho. De hecho era allí, en el silencio de la noche, en esas citas nocturnas, donde mejor se entretejían las historias de vidas que aún estaban por llegar. Era precisamente allí, a través de la reja de hierro, donde ella aprendía a amar y él aprendía a esperar. Fue de hecho allí, en el silencio de la noche, en esos encuentros al pie de la ventana, donde el amor encontró en muchas ocasiones la posibilidad de volverse algo concreto, algo palpable, algo real.

Era también al cobijo de la noche que los amigos se reunían para armar relajo. Gracias al espíritu inquieto de aquellos jóvenes aventureros, las gallinas solían desaparecer de los corrales para terminar guisadas en las lumbradas de media noche, mientras que las macetas que adornaban las afueras de las casas, cambiaban de lugar. En las noches calurosas de verano, la tentación de ir por unas sandías a la labor de fulano, tocaba esos corazones jóvenes y allá iban, dispuestos a saquear la huerta para apaciguar un poco el calor que hacía con el jugo fresco de aquella fruta que desde siempre se ha dado por allá con abundancia. En otras ocasiones, cuando los elotes ya estaban en su punto, decidir quién iba a pizcar unos cuantos para una tatema era también material de discusión entre los amigos y, mientras unos cuantos se lanzaban a por ellos, otros preparaban un poco de leña para que se asaran bien. Y no había quien se quejara cuando a la mañana siguiente se notaba el estropicio que la noche anterior habían hecho los muchachos en la milpa, porque oiga: *son jóvenes, qué le vamos a hacer, son cosas de juventud y uno tiene que entenderlos…* No sucedía lo mismo con lo de las gallinas. De vez en cuando los envueltos en ese lío terminaban siendo acusados ante la autoridad del lugar, con demanda y escándalo, porque las gallinas eran responsabilidad de las mujeres de la casa y las señoras de allá eran buena gente, pero *si les buscaban un poquito, encontraban un muchito.*

Todo esto solía suceder al cobijo de la noche. Quizá era la luz de la luna la que animaba a los jóvenes a hacer esas travesuras, a crear aventuras y a acumular memorias que un día servirían para volverse a sentir vivos. Era también en la serenidad de esas noches de pueblo que los amigos se animaban a compartir entre ellos inquietudes de vida y a buscar los unos el consejo o el apoyo de los otros, o a contarse secretos profundos, a confrontarse ante el reto que implica crecer y hacerse adulto, a descubrir entre ellos el apoyo y la mano tendida de la generosidad incondicional que se encuentra tan abundante en esa etapa de la vida. Y con todas estas experiencias se tejían amistades que más allá del tiempo y más allá de la distancia, permanecerían siempre sólidas, unidas en el recuerdo de aquellas aventuras nocturnas, que después de vividas, se quedaron para siempre como vestigios de complicidad en aquellos corazones jóvenes, que tristemente, un día llegarían a ser adultos.

Había noches en las que se escuchaba el estruendo de balazos lastimando el silencio profundo que en ese lugar reinaba, pero esto solo sucedía cuando había borrachera en el billar. El billar era también la cantina, por eso allí se juntaban a tomar los que traían ganas y luego armaban ruido y ponían música en el estéreo de las camionetas, a las cuales les dejaban las puertas abiertas para que se escuchara mejor la boruca. En esas ocasiones la noche si se quedaba bien inquieta porque a lo lejos no se entendía lo que hablaban los borrachos, solamente se escuchaba el griterío, pero la música que estaban tocando a volumen tan alto desde la camioneta, no permitía distinguir con claridad lo que a gritos platicaban. Por eso las mamás que iban a buscar a sus hijos a la parranda, o las esposas que allá llegaban para asegurarse de que los maridos estuvieran bien, no sabían si se estaban peleando o solo estaban platicando, porque como los borrachos suelen conversar a voz alta, era difícil darse cuenta de qué estaba sucediendo. Estas mujeres se escondían en las esquinas cercanas al billar para que los borrachos no las vieran y se fueran a enojar. Allí permanecían las pobres, a la intemperie, tratando de asegurarse de que todo estaba bien. Esas noches, las luces de algunas cocinas permanecían encendidas y se sabía bien que allí dentro las mujeres de la casa tomaban café mientras conversaban porque la preocupación no las dejaba dormir. Allí estaban esas luces prendidas hasta altas horas de la madrugada, iluminando la velada preocupada de quienes apenas percibían que la parranda había llegado a su término. Ellas corrían a fingir que estaban dormidas y que no se habían dado cuenta de la juerga mientras aparentaban que estaban descansando bien. Todo esto pasaba en esas noches de desvelo, ¡pero esto no sucedía muy seguido, sino tan solo cuando había parranda!

En otras noches, cuando no era fácil conciliar el sueño, uno se quedaba quietecito, escuchando los ruidos nocturnos. Porque la noche tiene su propia melodía y la de allá la componían los grillos tocando sus alas sin cansancio, acompañados por el cantar continuo del río, que cuando traía creciente, rugía desesperado, y cuando no, arrullaba con su melodía calmada. Podía también escucharse con claridad el canto del tecolote que, como vigilante fiel, permanecía atento a que nada fuera a disturbar el reposo de los durmientes. Con un poco de sobresalto, en ocasiones se escuchaba también el gemir de las lechuzas, y a esas sí se les tenía miedo porque era bien sabido que más que animales nocturnos, esos pájaros, eran brujas que, convertidas en aves nocturnas, vagaban en busca de alguien a quien hacer daño. Por eso a las lechuzas nadie las quería; como en el pueblo todo el mundo conocía su verdadera identidad, al escucharlas, se tapaban hasta la cabeza, cerraban los ojos y en silencio, para que no fueran a percibir que allí cerca había alguien despierto y atemorizado, se encomendaban a Dios con un *Ave María purísima…*

Ya cuando todo parecía haberse quedado callado, si uno ponía atención, se escuchaba con claridad el canto de la luna, que arrulla y que fascina. Con un poco más de atención, también podía uno escuchar la melodía de las estrellas que, si bien es cierto, es más distante, también es mucho más encantador. Y ya casi antes de cerrar los ojos en el abrazo cansado del sueño, se podía percibir ese ruido sereno de grandes alas acomodándose al reposo. Era el Ángel de la Guarda, que después de haberlo invocado con fe en la oración nocturna, venía a recordar que él *no desampara, ni de noche ni de día…* Luego, todo se quedaba en silencio, sumido en la quietud inquebrantable de la noche. Entonces todos en el pueblo descansaban serenos, al ritmo de todas aquellas melodías nocturnas que solían arrullar el reposo de los cansados, hasta que los gallos comenzaban a cantar.

DE UN DÍA EN LA ESCUELA

Cada mañana los chiquillos se iban a la escuela. En ese tiempo había muchos estudiantes y para poder cubrir semejante demanda educacional, había también varios profesores, y era de entre ellos que se escogía el director. A él todos lo respetaban, porque como director, había que admirarlo más que al maestro que daba la clase al grupo, ¡así tenía que ser! Esos eran los tiempos cuando por la mañana, la escuela estaba llena de gritos, de juegos y de los esfuerzos de algunos por terminar aprisa su tarea porque no habían tenido tiempo de hacerla el día anterior, o porque no les había dado la gana de hacerla y ahora había que presentarla para que el maestro no les pusiera nota mala en la lista. Se jugaba y se corría mucho porque a los niños les gusta cansarse antes de entrar al salón de clases. Las niñas por su parte jugaban a la matatena utilizando piedras de río, de esas bien redonditas, porque ellas no tenían canicas. Todo el rato se hacía gran escándalo, era tal el ruido que se escuchaba hasta muy lejos, y la gente decía cuando escuchaba el griterío de los estudiantes: *Qué bonito, se nota que la escuela está llena de vida.* Allí se jugaba sin descanso hasta que en el tocadiscos viejo se reproducía "la Marcha de Zacatecas" esta pieza musical tan conocida que servía para convocar a los dispersos, sonaba bien fuerte en la bocina de corneta que el director de la escuela ponía encima de un árbol para que alcanzaran a escucharla incluso los que vivían muy lejos de ahí.

Con el toque de la Marcha de Zacatecas, los estudiantes sabían muy bien que el tiempo de relajo terminaba y había que formarse en fila, por estatura, los más chaparritos al frente y los más altos hasta atrás porque así debía ser, cada grupo en una línea. Se tomaba distancia, se marcaba el paso y luego pasaban al salón comenzando con los de primero y terminando con los de sexto. Los lunes se hacían honores patrios, y por eso todos tenían que vestirse con el uniforme escolar, saludar a la bandera y cantar el himno nacional. De vez en cuando también se le pedía a algún alumno que recitara una poesía durante el acto cívico; pero esa aventura de los honores solo sucedía los lunes por la mañana, el resto de la semana se formaban en filas y, acompañados por el silbato que el director hacía sonar para que nadie perdiera el paso, se avanzaba marcialmente hacia el salón de clases.

Así iniciaba la jornada de aprendizaje, de convivencia, de luces, de crecimiento, de maduración y de todo lo que la educación brinda. En ese entonces nadie podía comprender los beneficios de todo ello, tan solo marchaban hacia el salón de clases, convencidos de que a aquellos que no llevaran la tarea porque no la habían podido o querido terminar, les iba a ir muy mal. También era bien sabido que los que no se hubieran aprendido de memoria las tablas de multiplicar o las fórmulas matemáticas, o aquellos que no supieran distinguir entre un triángulo equilátero, uno isósceles y uno escaleno, iban a cargar unas orejas de burro que el maestro había elaborado para el caso con cartoncillo y Resistol. Las solía colocar en la cabeza a los negligentes del grupo para que todos en el salón se enteraran de quién no estaba cumpliendo debidamente con sus deberes escolares.

Antes del mediodía llegaba la hora del recreo y el director tocaba el silbato para que todos lo escucharan y pudieran salir corriendo del salón hacia el patio de la escuela; durante media hora la cosa se ponía buena. Hubo un tiempo en que los maestros dejaban a los estudiantes ir a sus casas para que comieran algo y luego regresan a clases, pero algunos de ellos gastaban todo el tiempo del recreo en ir y venir a sus casas porque vivían en la loma o más allá del campo y eso estaba muy retirado, además de que regresaban muy cansados por *el peso del sol del mediodía.* Fue entonces cuando los maestros decidieron que ya no se podía salir para ir a casa a comer y se tenía que llevar lonche para el recreo; a los que no les preparaban su lonche por adelantado, al comenzar el tiempo de descanso, les orillaban a la puerta de la escuela porque las mamás o las hermanas mayores hacían el viaje hasta allá para llevarles algo calientito de comer. Esto de ya no salir a casa y pasar el tiempo de recreo encerrados en la escuela lo decidieron en una junta de esas que los maestros hacían con los padres de familia, la mesa directiva estuvo de acuerdo y ya nadie salió a sus casas a la hora del recreo. Como consecuencia de esta decisión la cosa se puso buena porque todos los días tenían gusto a día de campo; sentados debajo de los árboles por grupos de amigos, se compartía el lonche y se platicaba un rato antes de darle continuación al juego que se había iniciado en la mañana, cuando todavía no comenzaban las clases. Hasta bien lejos podía escucharse el griterío de la hora del recreo, ruido que no le molestaba a nadie porque todos sabían que el barullo significaba que *la escuela estaba llena de vida.* Se jugaba, se corría y se gritaba, hasta que en la bocina de corneta del tocadiscos viejo volvía a sonar la Marcha de Zacatecas… entonces, a formarse de nuevo, a tomar distancia, a marcar el paso, y a marchar hacia el salón, donde se aprendía, se crecía y se maduraba, aunque en ese entonces, ninguno de los estudiantes comprendía todo eso.

La jornada seguía hasta las dos de la tarde, cuando el director de la escuela volvía a hacer sonar su silbato anunciando en esta ocasión que la jornada de clases había terminado. Apenas se escuchaba aquel esperado sonido, todos se apresuraban a echar sus útiles escolares en la mochila, se despedían apresuradamente los unos de los otros y salían corriendo a sus casas, porque ya tenían hambre y ganas de saber qué habían hecho de comer ese día.

Las mamás se quedaban molestas cuando al llegar de la escuela (y sin querer), la tierra de la calle que se había pegado a los zapatos acababa embarrada en el piso de la casa. Las mamás y las hermanas mayores se habían pasado la mañana entera limpiando la casa, barriendo y trapeando para que todo estuviera limpio y no les dijeran "cochinas". Por eso decían *límpiate los zapatos antes de entrar, no vayas a meter todo tu terraguero.* Es por eso que uno zapateaba en la banqueta, frente a la puerta, para sacudirse la tierra y poder así entrar a la casa limpia y trapeada. Había quien iba a la escuela en huaraches de tres agujeros y correas de cuero, que agarran más tierra y es más fácil ensuciar con ellos, pero la mera verdad, sacudirse los pies con los huaraches puestos es más pesado porque duelen los talones.

Apenas uno llegaba a casa la mamá decía: *ponte a hacer la tarea en lo que llega tu papá para sentarlos a comer,* pero no siempre se dedicaba ese tiempo a cumplir con los deberes escolares, la mayoría de las veces uno nada más se tiraba en el piso que estaba limpio y trapeado a leer alguna revista. Había algunos a los que sí les gustaba hacer la tarea, o que simplemente no querían pasarlo mal al día siguiente, pero a la mayoría le apetecía mas quedarse allí, tirados de panza en el suelo, olvidándose de los cuadernos y de los libros porque ya habían pasado todo un día de clases y no querían seguir de matados, porque *será que los maestros piensan que uno no tiene más que hacer más que ocuparse de las cosas de la escuela...*

DE LAS VISITAS EN LA NOCHE

Algunas veces se cenaba más temprano que de costumbre y, cuando todavía no se levantaban de la mesa, el papá decía: *Hoy vamos a hacer una visita.* Entonces la noche tomaba un carácter distinto: la mamá sacaba el chal para echárselo en la cabeza porque, aunque no estuviera haciendo frío, las mujeres se echaban un chal encima para salir de noche, los hombres se ponían el sombrero, no el que usaban para el trabajo diario, sino el que solían lucir los domingos, y a los más pequeños les echaban en la cabeza una boina para cubrirles. Y toda la familia salía a la calle, rumbo a casa de los abuelos, de los compadres, de los primos, o de la persona que estaba de duelo por la muerte reciente de algún familiar y que necesitaba una visita de pésame, porque déjeme usted que le diga: *Es importante hacer esas visitas de pésame, ya que esas son solo préstamos que se hacen para cuando se le ofrezca a uno.* Al salir a la calle de noche, había que asegurarse de que todos llevaran la cabeza cubierta, con el chal, con el sombrero, con una boina… con lo que fuera; lo importante es que no se expusieran al "sereno" porque es muy malo y, cuando "te daba", te dejaba enfermo, por eso había que evitarlo.

Había noches en las que el sereno "no salía", y entonces la gente podía hacer sus caminatas nocturnas sin esa preocupación. La noche de Navidad -por ejemplo-, o la última noche del año, cuando todo el mundo iba a la iglesia a escuchar cómo los pastores cantaban el "arrullamiento" del niño Dios, y a la salida se juntaban en el atrio a compartir una taza de canela caliente acompañada de buñuelos partidos en cuatro, de esos que siempre están sabrosos, pero que en la Noche Buena o la última noche del año tenían un gusto particularmente único. En esas noches nadie se preocupaba por tener la cabeza cubierta y todos se abrazaban y se deseaban felicidad sin temor, porque era bien sabido que en esas ocasiones, el sereno no significaba amenaza alguna. El sereno tampoco salía cuando había baile. En esas noches las muchachas caminaban por la calle rumbo al salón del pueblo sin taparse la cabeza, porque como esa noche había fandango y el sereno lo sabía, se quedaba sin salir. Pero con excepción de esas ocasiones, el sereno siempre era una constante amenaza, por eso cuando se iba de visita por las noches, había que taparse bien.

Era común encontrarse con otras familias que con sus cabezas bien cubiertas iban avanzando por las calles, alumbrando el camino con una linterna de esas que utilizan baterías que duran mucho pero que se oxidan cuando no las sacan a asolear de cuando en cuando. Al cruzar algunos callejones oscuros, los más pequeños de la familia pedían al papá que apagara la linterna, y entonces, la oscuridad profunda de la noche se veía derrotada por el brillo inesperado de una lucecita que avanzaba volando entre las hierbas del camino. Era el brillo de las luciérnagas, que volaban sin rumbo fijo iluminando de manera tenue y sorpresiva la oscuridad de la noche. A los niños les gustaba perseguir luciérnagas, y ayudados por algún pañuelo grande o por la bufanda, las atrapaban para embarrárselas sobre la frente y así sorprender a sus padres al mostrarles como, por un momento fugaz, el brillo del insecto iluminaba el rostro sonriente del travieso que logró atrapar una de esas codiciadas luces voladoras.

Al llegar a la casa de la familia que se estaba visitando, los adultos platicaban animadamente mientras los menores se quedaban sentados y bien portados, con las manos cruzadas, sin interrumpir esas conversaciones tan interesantes porque era de mala educación hacerlo y no hay padre o madre de familia al que le agrade que digan que su hijo es un "malcriado". Por eso los niños escuchaban las conversaciones de los adultos con atención y de ellas aprendían cosas muy interesantes. Se descubría –por ejemplo- que las personas mayores no son todas buenas, ni tan rectas, ni tan honestas como los pequeños piensan; aunque la mayoría de las veces no se lograba tener la versión completa del asunto porque, al ponerse a hablar de los demás, los adultos lo hacían con medias frases y las señoras murmurando entre dientes, por eso los pequeños, la mayoría de las veces, sabían que estaban refiriéndose a otros adultos, sin embargo, no lograban identificar de quién se estaba hablando o qué estaban diciendo acerca de ellos.

La conversación brincaba de un tema a otro, sin relación entre ellos, porque era durante esas visitas cuando se aprovechaba para desahogar el pecho y sacar lo que molestaba por dentro. Se hablaba por ejemplo de cómo ya no se podía confiar en los doctores porque era bien sabido que recetaban medicina que no servía para nada: *nomás lo entretienen a uno, pero ya no lo alivian...* y entre conversación y conversación, no podía faltar la clásica queja del: *no sé a dónde vamos a llegar con esta juventud, si por lo que se ve ya no hay respeto...* y las historias que seguían a este tipo de quejas siempre justificaban la desesperación de los mayores. No cabe duda de que los tiempos jóvenes de los que son adultos siempre fueron mejores porque entonces había respeto hacia la gente grande y los hijos pedían permiso sin importar que ya estuvieran crecidos. Cada quien conocía muy bien su lugar y, si alguien lo olvidaba, allí estaban los demás para recordárselo.

En este tipo de visitas también salía a relucir una larga lista de nombres y parentescos con los que se confirmaba que definitivamente todos en el pueblo eran una sola familia. Muchas veces esos troncos comunes solían ser parientes lejanísimos, pero no importaba, la sangre es la sangre y *todos llevamos de la misma en las venas.* Solía ser por causa de estos parentescos distantes, la mayoría de las veces desconocidos, que la generación más joven no podía ennoviarse entre ellos mismos, la sombra de un tronco común en el pasado solía interponerse en el presente de los atrevidos y no había forma de convencer a los adultos de que los jóvenes se querían y deseaban formar una relación estable a pesar de que fueran parientes distantes, por el contrario, se les exigía romper esos noviazgos que pudieran unir parentelas lejanas, concluyendo con un clasico: *¡Asi son las cosas!*

En esas noches de visita se hablaba de muchas otras cosas en las que todos estaban de acuerdo y se repetían constantemente los unos a los otros: *Tiene usted mucha razón…* porque a los adultos les gusta confirmar que los demás opinan lo mismo que ellos.

Las conversaciones se animaban y, entre tertulia y tertulia, la señora de la casa ofrecía agua o café y galletas. Entonces uno daba las gracias y, cuando se lo servían, uno tenía que decir: *Dios se lo pague,* porque era importante mostrar educación. Había ocasiones en que la familia visitada ofrecía calabaza recién cocida, de esa que preparan con piloncillo y que, después de hervir en el comal alimentado con leña, sabe a miel; de la misma que se come con leche y que cuando se mezcla bien en el tazón se le llama "mingala". Cuando eso sucedía todos se ponían contentos y comentaban lo buena que estaba la calabaza cocida en el bote y la señora de la casa decía que tenía buen sabor porque la había cocinado en lumbre de leña y no en la estufa de gas, porque todo el mundo sabía que *no hay como la lumbre de leña para darle buen sabor a la comida.* El buen gusto también le venía por haberla preparado con piloncillo fresco y todos estaban de acuerdo con que no había como el piloncillo fresco para darle ese gusto tan exquisito a los alimentos. Después de comerse la calabaza, daban ganas de que todos los meses del año fueran otoño porque esa es la época en la que se recoge la cosecha y se dan las calabazas, y por lo frescas, estas todavía tienen gusto a milpa.

Y entre saborear la conversación, repetirse los unos a los otros que *tenían mucha razón,* compartir la calabaza y agradecer la hospitalidad, la visita llegaba a su término. Entonces todos se ponían de pie y había que despedirse los unos de los otros dándose de mano. Se agradecía nuevamente por la "mingala" y los que habían ido de visita volvían a decir: *Dios se lo pague por la calabaza, estuvo muy rica,* y los de casa decían: *Ande, que bueno que vinieron a visitarnos, ya por lo menos nos alegraron el rato.* Y todos se iban esa noche a descansar satisfechos por todo lo que habían compartido, con un gusto más dulce en su vida, el gusto de la calabaza cocida en leña y preparada con piloncillo fresco, ¡un gusto que no puede compararse con nada!

DE CUANDO DOBLABAN LAS CAMPANAS

En esos tiempos, las campanas de la iglesia repicaban muy alegres. Al escuchar el repique, todo el mundo sabía a qué evento estaban llamando porque no era igual el repique que invitaba a misa que el que invitaba al rezo del rosario, y estos no se parecían a cuando sonaban las doce o las tres. Allá las campanas, aparte de al mediodía, también repican a las tres en punto, para avisarle a todos de que ya está comenzando la tarde. Pero de vez en cuando y de manera inesperada, las campanas comenzaban a doblar; el "doble" no se parece a ningún otro repique. Este es como afligido, más pausado, más solemne, es distinto de todos los otros toques de campana. Dicen que los dobles se escuchan así de melancólicos porque las campanas están tristes y, con su doblar solemne, están avisando a todos en el pueblo de que alguien se murió. Los dobles eran muy largos, duraban mucho y, mientras las campanas doblaban, la gente decía: *Dadle Señor el descanso eterno y brille para él la luz perpetua...* No sabían quién había muerto, pero no importaba, fuera quien fuera lo encomendaban a Dios y, como Dios lo sabe todo, no era importante si uno decía el nombre o no, lo importante es que se dijera: *Dale Señor el descanso eterno...* Y luego sin importar dónde estaban o qué estaban haciendo, había que salir corriendo para llegar a la iglesia antes de que dejaran de doblar las campanas y poder preguntarle a quien las estaba tocando quién era el muerto. Algunas personas no podían correr deprisa y no llegaban a tiempo para preguntar quién había partido, pero eso no importaba porque los que habían llegado primero, a su regreso, iban comunicando el nombre del fallecido a quienes se encontraban en su camino. Y en cuestión de minutos todos en el pueblo sabían a dónde se tenía a ir a velar esa noche. Las mujeres, después de enterarse quién había fallecido, regresaban a sus casas compungidas y tristes, compadeciendo a la familia del difunto; aunque algunas no iban tan sorprendidas, pues ellas habían puesto atención y ya desde antes de escuchar doblar las campanas, se habían dado cuenta de que los gallos habían estado cantando muy tristes, y los gallos nunca suelen cantar a deshoras, excepto cuando alguien va a morir, así que ellas ya sabían que ese día iba a haber muerto. De hecho, la mayoría de las veces, las campanas solo habían venido a confirmar algo que ya, con anterioridad, había anunciado el canto triste de los gallos.

Después de ese primer doble, las campanas volvían a doblar por el mismo muerto. Doblaban otras tres veces antes de llevarlo a misa para el responso. Al toque de la primera llamada, la familia comenzaba a llorar, y lo hacían a llanto abierto, entonces todo el mundo comenzaba a salir de esa sala que ahora parecía más grande por el vacío que se había creado en ella cuando sacaron todos los muebles para llenarla de sillas alrededor y poder así acomodar a las personas que llegaban allí a presentar sus respetos al difunto y a la familia. Las fotos que usualmente colgaban de las paredes adornando la sala se retiraban y, con mucho cuidado se cubría el espejo grande que ahora lucía solitario y enredado en una sabana; es importante que los espejos estén cubiertos durante los velorios, porque el ánima de los difuntos suele reflejarse en ellos y eso puede confundirles. También había que tener cuidado de no hablar en voz alta, por respeto al muerto se conversaba a media voz y los únicos con permiso para gritar eran los señores. Cuando estaban sacando el ataúd para colocarlo en la carroza, ellos gritaban porque el llanto abierto de la familia no les permitía ponerse de acuerdo en los movimientos y era importante estar bien coordinados. Pero a excepción de los adultos, que siempre sabían lo que estaban haciendo, nadie más podía gritar, toda la demás gente hablaba en voz bajita. Las mujeres allí presentes también lloraban, como para no dejar solos a los dolientes, porque ese era un momento muy duro y porque oiga usted, *escuchar llorar esa pobre familia, partía el corazón.*

Al sacar al muerto de la iglesia, lo llevaban al panteón, allá donde el día anterior los señores y los muchachos más fuertes del pueblo se habían juntado para hacer la sepultura. Siempre es tarea de todos los hombres del pueblo cavar el sepulcro porque hay algo muy claro: *solo estamos prestando el favor, de esta nadie se escapa y mejor que cuando nos toque haya muchos que ayuden.* Para apaciguar el sentimiento y para calmar la sed que causa el pico y la pala, había que conseguir una caja de coquitas, de esas chiquitas, y ya luego, a gusto de cada uno, se sazonaban con mezcal. Entre amarrada y amarrada, la sepultura se terminaba, y entonces todos se iban a bañar al pozo mientras seguían tomando mezcal para mitigar la pena. Después de la faena, todos se sentían satisfechos porque ya habían cumplido con esta persona que *mire usted, todavía no sabemos cómo fue a dejarnos.* De la iglesia al camposanto el camino no es muy largo. Era un camino que había que saberse de memoria porque era conocimiento general que así era la ley de la vida: *este es el caminito que, tarde o temprano, todos vamos a tomar...* Durante la procesión la campana tocaba a doble una vez más, triste, melancólica y ronca... y duraba doblando mucho tiempo, hasta que la procesión llegaba al panteón. Por el camino, todos iban tristes, cabizbajos, meditabundos, escuchando con atención a las cantadoras que entonaban el "alabado", acompañando la tristeza de su canto con el lejano ronquido de la campana. Pero esta vez, la campana ya no doblaba para anunciar a la gente que alguien había muerto, ya todos lo sabían. Yo creo que esta vez doblaba un largo rato para hacer saber al muerto que ya se había muerto... y que ahora su familia, llorando y acompañada por toda esa gente triste, le llevaba a enterrar al panteón, allí donde los hombres del pueblo ya habían cavado la sepultura.

DE LOS DOMINGOS

Los domingos eran días bien especiales en el pueblo. Todos en la familia se levantaban temprano para irse a bañar al pozo. Los otros días de la semana el baño era por las tardes, cuando ya había terminado la faena del trabajo, pero los domingos había que bañarse bien temprano por la mañana, pues había que ponerse guapos y estar listos para cuando repicaran las campanas llamando a misa. Para cuando se escuchaba el segundo repique, ya casi todo el pueblo estaba reunido en el atrio de la iglesia. Las mujeres llegaban con vestidos elegantes y zapatos de tacón, y los hombres con sus botas, sus sombreros más nuevos y sus camisas de cuadros. La chiquillada bien elegante también, con zapatos boleados, camisa y pantalón bien planchado. Todos llegaban al atrio de la iglesia oliendo bien bonito porque después del baño los hombres se ponían agua de colonia para que no se les fuera a infectar algún corte que se hubieran hecho al rasurarse, y las mujeres perfume para oler como a flores o a vainilla. Como en el pueblo había una señora que vendía productos de Avon, todo el mundo tenía con qué arreglarse bien; es más, hasta los niños alcanzaban ese día un poco de loción.

Ya después de misa, cuando el padre había instruido a los fieles en la ley de Dios y la mejor manera de ser prójimos los unos con los otros, las familias regresaban a sus casas a comer. Ese día había que sentarse a la mesa con mucha propiedad y comer con mucho cuidado porque uno podía mancharse la ropa de domingo y eso definitivamente no estaba bien. Los guisos de esa tarde eran diferentes al resto de la semana. Ese día las mamás se aseguraban de cocinar carne. Las que no preparaban algún guiso de puerco con chile colorado, era porque habían hecho caldo de cocido seco, de ese que los papás dejaban colgando al sol en los alambres cuando mataban la vaca y al que ponían mucha sal para que no se echara a perder mientras se secaba. El cocido seco sabe mucho mejor que el caldo con costilla fresca porque al seco se le puede echar tortilla despedazada y unas gotas de limón y con eso agarra un gusto único. Algunas señoras preparaban enchiladas, que aunque son un platillo de cuaresma, pueden también hacerse un domingo cualquiera por ser un día especial.

Las tardes del primer día de la semana se vestían de colores, el ambiente se llenaba de aromas y todo anunciaba que ese día no únicamente era distinto, también era más generoso. Los niños no salían a la calle sin antes haber pedido "su domingo" y los padres de familia, en la medida de sus capacidades, les daban unas cuantas monedas para que gastaran en sus antojos. Se podía ir a la tienda a comprar golosinas, sin embargo todos sabían que la mejor inversión era allá, con la señora de los muéganos, los ponteduros, los dulces de melcocha o los jamoncillos. Como todo eso estaba hecho en casa, tenía un gusto más exquisito, también un precio más accesible y, *con ella siempre alcanzaba para más*. Los juegos esa tarde tenían que ser mucho más tranquilos que el resto de la semana porque no se puede correr con los zapatos de vestir y porque había que tener cuidado de no manchar la ropa "de presumir" que se vestía ese día. Los muchachos y las muchachas se reunían en el salón del pueblo, donde al ritmo de un tocadiscos viejo o de una grabadora grande, organizaban la tardeada. Allí las muchachas se divertían entre ellas hasta que llegaban los muchachos y las sacaban a bailar, y había que ver con qué gusto bailaban, conscientes de que ese día ellas se veían muy elegantes y ellos andaban bien vestidos, con sus gorros domingueros, esos que todavía no están muy sudados ni muy amarillentos por el sol. En la tardeada, ninguno traía huaraches de tres agujeros como los que usaban entre semana porque los domingos hay que sacar a lucir las botas y también los cintos con hebillas grandotas y bien pulidas.

Ya cuando caía la tarde, las muchachas, cansadas de bailar, se recogían a sus casas porque no era bien visto que las mujeres decentes anduvieran en la calle ya entrada la noche; y los muchachos se iban al billar, a tomarse unas cervezas y a jugar una partida de pool antes de retirarse a casa. Para entonces se notaba que todos andaban ya medio agüitados porque, como ya había caído la noche, sabían bien que al día siguiente se tenían que levantar temprano para trabajar. En algunas ocasiones, la tranquilidad del pueblo se veía perturbada con la noticia de que alguna de las muchachas se había ido con el novio, pues "se la habían robado". Después de la tardeada, después de haber bailado todo el rato, en lugar de irse a su casa y con su familia, el novio le proponía huir con él, y ella aceptaba porque no querían boda, ni fiesta, ni alboroto con la celebración de un matrimonio. En esas ocasiones, la noche de domingo se ponía triste para la mamá de la muchacha, que lloraba mucho mientras el papá se enojaba bastante. Y para demostrar lo molesto que estaba porque le habían "robado" a la hija, se emborrachaba y gritaba que nunca les iba a perdonar. Los papás del muchacho sabían que lo que se había hecho no estaba bien, pero no podían hacer mucho y terminaban apoyando al hijo que a partir de ese momento dejaba de ser un muchacho para convertirse en un señor; y no tenían más opción que brindar toda la ayuda necesaria para que la nueva familia se estableciera lo mejor posible, porque usted sabe, *los hijos crecen y hacen lo que les viene en gana, ya no lo escuchan a uno...* Pero esto no sucedía siempre, solo de vez en cuando.

La mayoría de las veces, las noches de domingo eran tranquilas y, como el ambiente había estado bueno y había empezado desde temprano, todo el mundo se iba a dormir cansado, con el gusto de haber vivido un día distinto, con la alegría de haber gustado de un poco de fiesta, con la certeza de que la semana que llegaba traería consigo un montón de trabajo, de preocupaciones y de cosas por hacer.

DE LOS DÍAS DE CAMPO

En esos tiempos, el día del niño solía festejarse con un día de campo. El 30 de abril los maestros suspendían la jornada de clases y todos se preparaban para vivir a plenitud una aventura junto al río. La decisión más importante tenía que ver con el lugar a donde se iría. Podría ser "Las Culecas", "La Peña Gorda" o allá por "El Terrero", pero eso no dejaba contento a nadie porque todos esos lugares quedaban muy cerca del pueblo. El hondable de "Los Toros" siempre salía como posibilidad, pero ese quedaba demasiado lejos, así que todos terminaban concluyendo que "El Frunce" era el lugar más adecuado para pasarlo bien. Allí había árboles grandes, los necesarios para albergar a todos los que quisieran ir. La arena era blanca y bien suavecita y, lo más importante, allí el río hacia hondable, grande y espacioso para que todos pudieran nadar sin dificultad. Por supuesto que también tenía partes no muy profundas, pero todos sabían que una vez allá, nadar en el hondable iba a ser la aventura mejor vivida.

Los días de campo eran algo especial, distinto, extraordinario. La sensación de que algo diferente estaba pasando comenzaba desde la tarde anterior, cuando la gente iba a la tienda a comprar los refrescos que llevarían al paseo; también compraban "portolas" (sardinas en salsa de tomate, pero allá en el pueblo siempre las llamaron así). Una caja de galletas era siempre parte esencial de lo que se llevaba para compartir. Si se tenía suficiente dinero, podía uno comprarse una de esas que llaman "Surtido Rico" y, si el presupuesto era más reducido, estaban las "Marías" o las "Populares", que rendían más y no costaban tanto. Una bolsa de dulces o paletas eran algo que tampoco podía faltar en la experiencia del día siguiente, ya fueran "Tommys" o "Tutsi Pop", dependía también de cuánto dinero podían gastar en eso. Las señoras preparaban tortillas de harina porque en aquellos rumbos es bien conocido que los burritos son algo básico cuando se va a un día de campo, y estos deben prepararse con tortillas de harina y no de maíz, pues estas últimas terminan duras y se desbaratan. Los burritos de tortilla de harina tampoco faltaban cuando los señores subían al monte a campear sus vacas o cuando se iba en peregrinación a algún lugar que toma todo el día; es bien sabido que estos son buenos porque no se hacen duros, se pueden comer fríos, y porque el gusto incrementa cuanto más tiempo reposen después de haberlos preparado.

La jornada comenzaba reuniendo a todos los interesados en la escuela. De allí se salía temprano con la intención de llegar a "El Frunce", como muy tarde, a media mañana; a nadie le gusta un día de campo cortito, por eso había que salir a tiempo, *para aprovechar el día lo más que se pudiera*. Allá se llegaba caminando, y en el camino la gente platicaba mucho y de todo, cada quien cargando sus bolsas de esas que se usan cuando van al mandado, ahora llenas con un montón de cosas buenas y sabrosas. Nadie se quejaba ni del peso de su bolsa ni de lo largo del camino porque todos iban muy contentos al día de campo, y porque *estar allá, lejos del caserío hace bien, y se descansa mucho,* sobre todo para las mujeres del pueblo, que siempre están limpiando la casa, lavando y planchando la ropa, haciendo de comer, tejiendo por las tardes; ellas este día no iban a hacer nada de eso y por lo tanto aprovechaban para poder descansar.

Al llegar al lugar, cada cual buscaba la mejor sombra y el lugar más amplio para acomodarse y sacar todo lo que llevaban en sus bolsas. Había también que buscar un lugar a la orilla del río para meter allí, en la corriente de agua fresca, los refrescos que habían llevado, junto con las sandías y la fruta, porque es bien sabido que esta sabe más sabrosa cuando está fresca que cuando está asoleada. Los muchachos y las muchachas se iban a meter al río y allí armaban sus juegos. Los niños también se metían a bañar, pero ellos en la orillita pues allí estaban las mamás atentas, que les gritaban que no se fueran al hondable, donde corrían el riesgo de ahogarse. Había algunos que preferían jugar al voleibol, estos colocaban la red amarrada a dos palos que enterraban en la arena para que se armara el partido. Otros preferían jugar a los encantados, mientras que otros buscaban piedras raras o agarraban chapulines o mayates, les anudaban una hebra de hilo en una pata y todo el día los traían así, volando y dando vueltas como mascotas. En ese tiempo había mucha gente en el pueblo por lo que en el día de campo había personas para todo. Las señoras se quedaban sentadas debajo de los álamos, hablando de cosas importantes que los más pequeños no debían escuchar, y si algún chiquillo se quedaba por allí cerca le decían: *anda vete a jugar que acá estamos platicando cosas de adultos.*

Cuando ya era algo tarde y el hambre apretaba a las personas mayores, estas empezaban a gritar que ya era hora de comer. Entonces la gente se reunía en grupos grandes para compartir la comida. Los chiquillos iban a sacar los refrescos del río y cada una de las mujeres destapaba su comida y explicaba lo que era. Alguna se disculpaba porque ellas eran muy humildes y creían que lo que habían preparado no era suficientemente bueno. Toda la comida se colocaba sobre el mantel que habían extendido en el suelo y la dejaban allí para que los que quisieran pudieran agarrar un taco. Ya cuando casi todos habían terminado de comer, comenzaban a partir las sandías, las piñas, los melones y toda la fruta que habían llevado, porque en los días de campo tiene que comerse fruta. Al terminar, se volvía a los juegos, pero nadie podía meterse en el río recién comido, había que esperar a que pasara la digestión. Eso es muy importante porque era bien sabido que *la gente puede morir si se baña en el río recién comido... ¡porque pega indigestión!*

Cuando ya había pasado un buen rato, todos volvían a las aguas y se armaban las carreras de nado, o las competencias para ver quién duraba más tiempo bajo el agua. Comenzaban también las exhibiciones de clavados y todos disfrutaban procurando aprovechar el pedazo de tarde que quedaba porque luego había que empacar las cosas para regresar a casa. Las señoras, que son siempre las más responsables y las que saben tomar las decisiones más convenientes, apenas se daban cuenta de que principiaba a caer la tarde, comenzaban a gritar que ya era hora de irse y todos salían del río, se recogía la red de voleibol y empezaban a juntar las botellas de refresco que estaban por allí regadas. Cuando ya todos estaban listos, se comenzaba la marcha de regreso. No se platicaba mucho en el camino de vuelta a casa pero podía ser que alguien hiciera el comentario: *mira nomás como vienes quemado por el sol,* pero luego ya nadie hablaba. Decían que era porque todos estaban cansados y venían agotados por el juego, por la nadada y los brincos en el agua; pero las señoras que solo habían pasado el tiempo sentadas bajo los árboles, también venían bien serias, bien calladas y yo creo que era porque todos se sentían tristes... ¡sí, bien tristes porque ya se había acabado el día de campo, y al regresar a casa, todos podían vislumbrar con claridad la rutina que les esperaba!

DE LOS DESFILES PATRIOS Y LAS FIESTAS CÍVICAS

Los días de desfile eran especiales en el pueblo. Los maestros, junto con la autoridad del lugar, eran los responsables de organizar bien la jornada. Comenzaba todo a las seis de la mañana, cuando los estudiantes tenían que reunirse en el patio de la escuela para izar la bandera. Los papás despertaban a sus hijos tempranito, al canto de los gallos, para que se prepararan y no fueran a llegar tarde. Como los maestros pasaban lista cuando ya todos estaban formados, nadie podía darse el lujo de una falta o un retraso. Allí, desafiando el frío de la mañana que por esos rumbos cala hasta los huesos, se iniciaba la jornada. Comenzaba con los estudiantes cantando a "todo galillo" el himno nacional mientras el lábaro patrio se alzaba en el asta-bandera. Luego seguían las poesías que honraban la patria, la bandera o el inicio de la revolución, que ese día cumplía un aniversario más. El sol comenzaba a asomarse de detrás de las montañas y de pronto el cielo se pintaba de colores increíbles. Era el amanecer de un día distinto a los demás y, mientras los rayos del astro rey comenzaban a calentar la mañana, los estudiantes rompían filas y se marchaban a sus casas, a desayunar y prepararlo todo, porque lo que estaba por venir iba a ser algo diferente, algo distinto, algo que rompía la rutina diaria; y eso era suficiente para considerarlo especial y llenarse de emoción.

Esa mañana todos los habitantes del pueblo estaban contentos, especialmente los estudiantes de la escuela. Honestamente, yo no creo que su emoción tuviera algo que ver con la revolución, más bien tenía que ver con el hecho de que se estrenaba uniforme y zapatos; era muy importante tener todo nuevo para ese día. Como se iba a desfilar por todas las calles del lugar, los zapatos nuevos daban al evento un toque más especial, más elegante y formal. El uniforme estaba preparado para engalanar a esa generación joven, niños y niñas que habían aprendido a ser felices tan solo con la posibilidad de vestir ropa nueva. Semanas atrás, en reunión con los maestros y la mesa directiva de padres de familia, se había decidido el color y el estilo con el que los estudiantes tendrían que honrar las fiestas de la revolución. Después cada lunes del año, cuando se hacían honores a la bandera, ese mismo uniforme iba a usarse con orgullo y con gusto... el gusto de vestir un cambio de ropa especial.

Antes de las nueve de la mañana todos volvían a la escuela bien bañados, bien vestidos y bien peinados. Para peinar a las niñas, las mamás dedicaban más tiempo de lo normal y, como querían que todas lucieran bien, les tejían trenzas o les hacían chongos que decoraban con peinetas o listones de colores. A los niños no se les dedicaba tanto tiempo, pero sí era importante que el copete estuviera bien asegurado para que no se lo fuera a llevar el aire, por ello era común llegar con la cabeza relumbrando y bien olorosos a brillantina, de esa que generalmente estaba reservada para los papás los domingos y que, en esa mañana, las mamás habían aplicado con generosidad sobre sus cabezas.

Al toque de la Marcha de Zacatecas, todos se acomodaban en "formación" y, comenzando por los estudiantes de primero seguidos por los otros grados, se avanzaba detrás de la escolta, que con gallardía portaba la bandera. Allí avanzaban esos niños, presumiendo frente al pueblo de que ellos habían sido escogidos por tener las calificaciones más altas en todo el grupo de sexto. Los maestros tomaban turnos para hacer sonar el silbato y asegurarse con ello de que nadie perdiera el paso y que nadie se quedara atrás. Se marchaba por las calles con orgullo, presumiendo de uniforme nuevo y de zapatos brillantes que no tardaban en empolvarse con el terregal que levantaba ese ejército de chiquillos intentando marchar a paso redoblado por unas calles que lucían limpias y desempedradas. Esa madrugada las mujeres del pueblo se habían levantado muy temprano para regarlas y barrerlas de tal manera que, cuando fuera hora del desfile, nadie fuera a tropezar con alguna piedra o a embarrarse con el excremento de algún animal que por allí hubiera pasado antes. Las familias salían a las puertas de sus casas a ver cómo sus hijos o sus hermanos pasaban frente a ellos, desfilando derechitos y sin voltear la cabeza hacia otro lado que no fuera al frente, allá donde la escolta avanzaba con la bandera en alto, abriendo paso a ese grupo de pequeños patriotas. Al término del desfile, se volvía a casa con los pies cansados por la marcha y por los zapatos nuevos, porque eso de no haberlos amansado el domingo anterior no había sido buena idea.

Esa misma tarde, después de arriar la bandera, haber cantado el himno nacional y haber escuchado por segunda ocasión las mismas poesías que se habían recitado en la mañana, los estudiantes y los profesores se preparaban para el festival cultural que tenía comienzo una vez entrada la noche. Todos en el pueblo se daban cita en el patio de la escuela y se sentaban en sillas que habían sido colocadas frente al palco escolar, ese que todos conocían como "el teatro". El programa solía comenzar con unas palabras del director de la escuela, que en su discurso, instruía a todos acerca de la importancia de esa fecha y daba gracias a quienes hicieron posible que ahora tengamos el país que tenemos; las fotos de esos grandes héroes de la revolución estaban allí, colgando en las paredes de la escuela, como testigos mudos de la gratitud que se les profesaba por su sacrificio heroico. Al terminar el discurso del director, el maestro encargado de presentar los distintos números tomaba el micrófono y, uno a uno, iba introduciendo los bailables, las poesías, la recitación coral, los corridos alusivos a la fecha celebrada y todo lo que los estudiantes de los distintos grados habían preparado con entusiasmo para entretener a la gente del pueblo.

Entre presentación y presentación, entre cambio de ajuar y cambio de ajuar, la fiesta llegaba a su fin ya bien entrada la noche. Debido al "ajetreo" del día, los hijos terminaban cansados y somnolientos. Entonces las mamás tenían que recoger todo y volver a casa, cargadas con los vestuarios que éstos habían utilizado durante el festival, mientras los hombres avanzaban preguntándose hasta dónde iba a llegar fulanito o zutanito, porque *mire usted, ese muchacho tiene talento y lo que sea de cada quien, va a llegar lejos porque salió igual de inteligente que su abuelo...*

DE LA CELEBRACIÓN DE LAS BODAS

El relajo de las bodas comenzaba cuando el novio mandaba pedir la mano de la novia. Para este evento había que escoger con cuidado a los pedidores, asegurarse de que fueran hombres respetables del pueblo y que supieran hablar bien, para que cuando le dijeran al papá de la novia que el muchacho que ellos representaban y su hija se entendían, no se fueran a enredar con la plática ni hubiera malos entendidos. Era importante que el mensaje se trasmitiera claro porque, como era la virtud de la joven lo que estaba en juego, había que hacer las cosas con claridad asegurándose de que los pedidores fueran hombres respetables. Esos hombres sabían muy bien que su tarea era convencer al papá de que a su hija le querían bien y de que prueba de ello era que le estaban dando su lugar. Por su parte, la mamá de la muchacha solía llorar al descubrir que a su hija le había llegado el momento para el matrimonio porque, aunque *le estuvieran dando su lugar, y su hija fuera a salir de la casa vestida de blanco y con corona como Dios manda,* a las mamás siempre les duele mucho que sus hijas se casen, que dejen el nido familiar, que se aventuren a vivir la vida por su cuenta.

En esos tiempos, los padres de la novia solían poner un plazo para poder pensar la respuesta que iban a dar a la "petición de mano". Era muy mal visto que aceptaran, así sin más, a la primera, pues oiga usted, *ni que tuvieran prisa por deshacerse de su muchacha*. Por eso la visita terminaba después de haber acordado la fecha en la que los pedidores tendrían que regresar por la respuesta. Después de haberse puesto de acuerdo, se daban las buenas noches y salían de allí, rumbo a la cantina, donde el novio estaba esperando muy preocupado, *no fuera a ser que sus intenciones fueran malinterpretadas, pues él quería hacer las cosas a lo derecho, como Dios manda*. Al informarle de que los padres habían puesto un plazo, el muchacho se llenaba de gusto y les ofrecía cerveza, un trago fuerte o lo que quisieran tomar a los que estaban allí presentes. Había que celebrar que ya las cosas iban por buen camino y que, si todo salía bien, pronto habría boda. La segunda visita a los padres de la novia era mucho menos tensa, todos iban más relajados porque ya sabían de qué se trataba, por eso en esta ocasión, a diferencia de la primera vez, ya no llevaban cocas ni aguardiente para amarrarlas; en esta ocasión se llevaban "las donas" (el dinero que el novio le entrega a la mamá de la novia para que comprara el ajuar de bodas) porque, en cuanto el papá dijera que todo estaba bien, y que luego de haber hablado con su hija consideraban que ese novio que traía era un buen partido, los pedidores las entregarían a la mamá para que, junto con su hija, fueran a la ciudad a comprar el vestido, el ramo, la corona y todo lo necesario para que esa mujer saliera de casa como tenía que ser. La mamá aceptaba las "donas" resignada, con los ojos hinchados de tanto llorar y la voz ronca de contarle a todas las amigas de confianza que su muchacha ya se iba a casar y que ella no podía hacer nada para impedirlo, aunque al menos se había preocupado por darles su lugar.

Era después de la pedida de mano y de haber obtenido el consentimiento debido cuando el argüende del matrimonio comenzaba en serio. Un par de semanas antes de la boda se reunían los muchachos jóvenes del pueblo y, montando a caballo, acompañaban al novio que iba casa por casa a pedir a la gente *que le hicieran el favor de acompañarlo a la celebración de su boda y que él se sentiría muy agradecido de contar con su asistencia.* Las personas, al escucharle, se sentían complacidas por haber sido tomadas en cuenta, y le respondían que *con mucho gusto, que allí estarían y que desde ya, le deseaban a él y a su futura esposa, toda clase de felicidades.* Ha de haber sido muy extenuante andar de casa en casa repitiendo lo mismo todo el día, porque el novio y sus amigos acababan siempre en la cantina, tomando mucha cerveza para poder bajarse de la garganta todo el polvo que tragaron cuando andaban invitando a las familias del pueblo, montados a caballo y levantando polvareda.

La vaca para el banquete la mataban un par de días antes de la boda, así se aseguraban de que las cocineras pudieran disponer bien de la carne. Todas las señoras del pueblo iban a ofrecer su ayuda a la mamá de la novia, pues ella era la encargada de organizar con detalle todo lo referente a la comida. Ella ya tenía muy claro a quién le iba a pedir que hiciera el asado (el resto del año, a este guiso le llamaban "chileajo", pero en las bodas se le llamaba "asado", porque en lugar de carne de puerco, para esta ocasión se prepara con carne de res), y a qué señora le iba a pedir el favor del dulce de leche quemada que sirven como postre. También era importante que tuviera claro a quién le pediría que preparara el arroz, pues era bien sabido que este solo podían cocinarlo unas cuantas en el pueblo; y es que si no lo preparaban bien, luego se les batía y nadie quería un arroz mal cocinado como platillo de bodas. Como para estos eventos había que guisar en grandes cantidades, había que asegurarse de colocar varios fogones en la calle y, en esas lumbres, alimentadas con la leña que días antes los hombres habían ido a cortar al monte, colocaban las sartenes grandes en las que se preparaban los distintos platillos. Cada una de las guisanderas hacía su mejor esfuerzo para que su guiso le quedara perfecto, así los invitados a la boda podrían decir después de sentarse a la mesa y haber comido: *Qué bueno les quedo este potaje, se nota que le pusieron muchas ganas...* Allá, en esos tiempos, eso era muy importante, que la gente notara que se había puesto mucho esfuerzo y cariño en la preparación del banquete.

El día de la boda, la banda comenzaba a tocar en casa de la novia a tempranas horas de la tarde y hasta allá iban todos los del pueblo, los que hacían parte de la corte como padrinos y madrinas o como damas y chambelanes, pero también llegaban los mirones, los que no eran parte de la corte nupcial pero querían echarse una amarradita antes de la misa de matrimonio mientras escuchaban a la banda. Al primer repique de campanas, la novia salía de su casa acompañada de su papá y su mamá. En una larga línea acomodaban detrás de ella a los padrinos y madrinas, a las damas y a los chambelanes y hacían parte del acompañamiento los pajecitos y las madrinas pequeñas. Se avanzaba por la calle con la banda tocando, iban a recoger al novio que en casa de sus padres esperaba a que ella pasara por él. Al llegar a casa del novio, los padres de ambos se saludaban, y allá iban todos por la calle, rumbo a la iglesia, el novio con sus padres y la novia con los suyos. La mamá de la novia avanzaba triste, con la cabeza baja y llorando, porque si no lloraba la gente iba a pensar que no le importaba que su hija se estuviera casando. Cuando le preguntaban que si se sentía mal, decía que no, que lloraba de emoción porque, aunque duele perder una hija, se consolaba porque *al menos esta salió de su casa, bien casada, no como otras, que ya ve usted el dolor de cabeza que causan a sus padres por no hacer las cosas como Dios manda.*

Al salir de la iglesia todos los presentes felicitaban a los novios, que se quedaban allí, parados en la puerta para asegurarse de que el fotógrafo hiciera bien su trabajo y tomara muchas fotos. Era precisamente a la salida de la iglesia cuando los invitados aventaban arroz a los recién casados, asegurando con ello que en su vida juntos tuvieran abundancia. Todos los presentes les daban abrazos y se tomaban un retrato con ellos, así quedaba prueba de cuán grande era el número de gentes

que les había deseado bienestar en ese día tan especial.
De la iglesia se marchaba rumbo al salón, donde la comida estaba esperando calientita. En el camino, los padrinos, los chambelanes y los hombres del pueblo, para
demostrar que estaban muy contentos por el novio que
finalmente ya estaba casado, tiraban muchos balazos al
aire, a los cuales, allá en ese tiempo, se les conocía como
"vivas"; la novia, las madrinas, las damas y todos los
demás que eran parte de la corte nupcial, junto con los
que iban allí acompañando a los novios rumbo al banquete, se tapaban los oídos porque las "vivas" hacían
mucho ruido y porque las disparaban allí, cerquita de
todos.

Al llegar al salón donde iba a tener lugar el festejo
se servía la comida; la primera ronda en el banquete (o
como allá se le llamaba: "la primera mesa") era para los
novios y sus padres. En ese primer turno entraban también los miembros de su corte y todos comían gustosos
después de haber escuchado el brindis, en el cual uno
de los mas "letrados" del pueblo deseaba todo tipo de
bienestar a los recién casados. Después de haber disfru-
tado del dulce de leche quemada, todos se levantaban
para que pudiera entrar la segunda mesa. En un segundo momento se sentaban a comer quienes no eran parte de la corte de los novios y los que no eran familiares
cercanos. En esta segunda mesa también sentaban a los
niños y todos comían hasta llenarse, porque a la mamá
de la novia le interesaba mucho que todos fueran bien
atendidos en la boda de su hija. Por eso, entre llanto
y llanto, esa pobre mujer seguía dando órdenes y pi-

diéndole a las señoras que estaban ayudando que por favor se aseguraran de que nadie se fuera sin comer. Porque oiga, ella ya tenía suficiente pena dado que por el matrimonio, su hija se iba de la casa y lo último que necesitaba era que después los del pueblo fueran a murmurar diciendo *que en esa boda no hubo comida para todos y que los de esa familia eran unos muertos-de-hambre.*

Ya entrada la noche comenzaba el baile. Lo abrían los recién casados bailando el vals, primero entre ellos y luego con todos los padrinos, madrinas, damas y chambelanes. A eso de la media noche, antes de partir el pastel, bailaban "La víbora de la mar"y "Los huaraches", momento en el que al novio le quitaban los zapatos y los calcetines y tenía que zapatear descalzo en el suelo. Era entonces cuando la novia tiraba el ramo. El lanzamiento del ramo era algo que emocionaba mucho a las solteras del pueblo, pues era bien sabido que la que lo agarrara, iba a ser la siguiente en casarse, así que había que ponerse lista y procurar tomarlo antes que nadie. Después de que la novia lanzaba el ramo, el novio tiraba la liga, pero los muchachos no mostraban tanta voluntad en agarrarla porque de ellos, nadie tenía prisa en comprometerse. Ya después de todo esto partían el pastel y ofrecían una rebanadita a cada uno de los presentes; la rebanadita que repartían era pequeña porque tenía que alcanzar para todos y de ser posible una de las tortas la guardaban aparte porque la mamá de la novia quería llevársela a su casa. Ha de haber sido porque entre llorar por la hija que se había casado, dar órdenes a las comadres en la cocina, preocuparse porque todos los presentes en el banquete se sentaran y comieran y asegurarse que todo estuviera en su lugar, a ella se le iba el apetito, pero luego le iba a dar hambre y necesitaba tener algo dulce para alimentarse, y para consolarse también, pues ya ve usted *perder una hija no es fácil, pero ¿ya que? no queda otra mas que resignarse.*

DE LA SEMANA SANTA

El bullicio de la Semana Santa empezaba bien antes de llegada la Pascua. El alboroto tenía sus inicios el Miércoles de Ceniza, día que había que ir a la iglesia para que el sacerdote pusiera una marca de polvo negro en la frente, esa que nos recuerda nuestros orígenes olvidados de barro y que una vez al año se solía lucir casi con orgullo. Parecía sin embargo que lo más interesante de la fecha tenía que ver con la comida que las señoras preparaban con mucho cuidado para ese día. Los chiles rellenos y las enchiladas, los chuales y las habas o las lentejas, la capirotada y la ensalada de calabaza... la familia se preocupaba porque ese día, en la cocina, hubiera de todo, porque era Miércoles de Ceniza, porque iniciaba la cuaresma y porque en la cuaresma la gente disfrutaba de platillos que no se preparaba en ningún otro momento del año.

La preparación de comida especial seguía dándose cada viernes de cuaresma, y por eso las señoras antes de irse a rezar a las once a la iglesia, se aseguraban de tener todo listo para poder platicar con sus comadres camino al rezo del viacrucis y poder presumirles con mucha discreción que *gracias a Dios ese día iban a poder comer comida de cuaresma*. El Miércoles de Ceniza y después todos los Viernes de Cuaresma, después de haber comido de todos aquellos guisos sabrosos, se servía la ensalada de calabaza, que es especial y que solo se prepara en esos días. La preparación de ese potaje debe seguir instrucciones muy precisas. Los cuadritos de calabaza no debían quedar muy cocidos y, una vez preparada con el piloncillo y la canela, no debían echarle los cacahuates a destiempo porque luego se remojaban y ya no iban a saber igual. Las pasas y la naranja sí podían ponérsela desde antes, aunque a algunas mamás no les gustaba echarle gajos de naranja porque había veces que estos se amargaban y se ponían prietos, *al fin y al cabo, con solo pasas y cacahuates, quedaba bien buena.* Eran las mismas pasas y los mismos cacahuates que se le echaban a la capirotada, pero a esta también se le ponía coco rallado ya que, aparte de color, el coco le daba muy buen sabor; no es que necesitara mucho más, porque como este platillo lo preparaban con queso ranchero, de ese que es tan común por esos lugares, el gusto ya estaba allí, bien bueno y bien fuerte, *pero con la capirotada el buen gusto nunca está de más.*

Después de muchos viernes comiendo comida sabrosa, llegaba la Semana Santa, y el Domingo de Ramos, en el que había que ir a la iglesia a aventarle flores al Jesús Nazareno, el mismo que todo el año estaba vestido de morado, pero que para ese día vestían de blanco. De esos ramos que la gente le aventaba cuando la procesión llegaba al atrio de la iglesia y que quedaban tirados en el suelo, la gente recogía algo para luego colgarlo detrás de las puertas de sus casas, porque como con eso el diablo no entra, se aseguraban con ello de tener sus hogares a salvo el resto del año. Después de las celebraciones del Domingo de Ramos, las devociones religiosas se retomaban el Jueves Santo. Ese día arreglaban el monumento para "velar" en la noche y también, de entre los jóvenes del pueblo, se escogía a doce para que el señor cura les lavara los pies durante la misa que se celebraba en la tarde. Después del lavatorio, a cada uno de esos doce jóvenes elegidos se les daba un pan blanco y una moneda, y eso tenía que guardarse hasta que el pan se hiciera duro y la moneda se oxidara porque, como estaban benditos, no podían ni comerse el pan ni gastar el peso. En la noche del Jueves Santo, los hombres mayores del pueblo solían salir al campo abierto y subir a los cerros para ver si veían arder fuego en algún lugar porque esa era la noche en la que lumbreras inesperadas iluminaban la oscuridad anunciando a todos el lugar donde los antepasados habían dejado enterradas sus monedas de oro o sus cosas valiosas. Esa misma noche, mientras los señores buscaban entierros en los cerros cercanos, las mujeres del pueblo se juntaban a velar en la iglesia. No había ataúd ni muerto, pero todas cantaban bien fuerte las mismas alabanzas que se cantaban en los velorios. Los chiquillos, jugando a la luz de la luna –porque siempre hay luna llena el Jueves Santo- sentían un poco de temor al oír los cantos tristes y agónicos de las voces con segunda y contra alta que le recordaban a todo el pueblo que esa noche había velorio sin muerto.

El Viernes Santo la gente se levantaba temprano y se preparaba para ir al "encuentro". Cuando ya todos estaban reunidos en la iglesia, los señores salían por su lado, siguiendo la imagen de Jesús el Nazareno, al que ya habían vuelto a vestir de morado y ahora colocaban una cruz verde sobre la espalda, y se lo llevaban por las calles hasta que al dar vuelta a una esquina, donde se encontraba con la Virgen de la Soledad, esa que todo el año estaba vestida de negro pero que ese día vestían de azul y rojo; la iban cargando cuatro dolorosas, todas ellas vestidas de negro desde la cabeza hasta los pies porque, aunque la Virgen todavía no estaba enterada, ellas bien sabían que, en un rato mas, iban a matar a su hijo… y quizá muchas otras mujeres que la iban acompañado también lo sabían, porque cuando veían venir al Nazareno cargando la cruz a encontrarse con su madre vestida de rojo y azul, ellas lloraban discretamente, no hacían mucho ruido para que la Virgen no se enterara de lo que le iba a pasar. Tras haberse encontrado, todos acompañaban a la Virgen y a su hijo a la iglesia y allí les dejaban y todo el mundo se iba a comer a sus casas.

Como era Viernes Santo, las mamás habían preparado un montón de platillos sabrosos y únicos. Era muy importante comer bien ese día porque hasta se partía el queso ranchero que habían guardado por tanto tiempo en el "tapeiste" para asegurarse de compartirlo en esta ocasión. Todos sabían que los chiles rellenos de chile pasado, las enchiladas o la capirotada, no saben igual con ningún otro queso. Tiene que hacerse con queso ranchero, de ese que las señoras habían preparado desde noviembre y que habían apartado con cuidado diciendo: *este es para los días santos*. La familia se sentaba a la mesa a disfrutar todos aquellos potajes, pero entre platillo y platillo, la mamá se aseguraba de que nadie olvidara que ese era un día de guardar, así que terminada la comida, nada de juegos, ni de distracciones ni de descansos prolongados. Había que volver al templo porque todavía faltaban muchos rezos por hacer y muchos cantos por escuchar.

A las tres de la tarde se volvía a la iglesia. A esa hora los señores ya habían metido muchas ramas de álamo y habían bajado el crucifijo grandote para ponerlo frente al altar. Las señoras habían vestido a la Virgen de la Soledad de negro porque, como ya le habían matado al hijo, ahora estaba de luto. La ponían junto al crucificado y todos, expectantes, esperaban el rezo de las siete palabras. Se rezaba, se cantaba y las mujeres lloraban, sobre todo cuando al término del rezo bajaban al crucificado de la cruz para tenderlo en una mesa. A las mujeres el llanto casi no se les notaba porque se tapaban la cara con ese chal nuevo que se habían comprado en la ciudad para estrenarlo en esa fecha. De verdad que el Viernes Santo era muy importante porque ese día las mujeres del pueblo estrenaban zapatos, vestidos negros y grandes mantillas con las que cubrían su cabeza y sus rostros. Allí se quedaban ellas el resto de la tarde, estrenando ropa y cantando tristemente mientras acompañaban a la Virgen en su soledad. Ya entrada la noche los creyentes del pueblo volvían a reunirse para rezar el rosario de pésame a esa pobre Madre Santísima que se había quedado sola; los cantos eran tan tristes y melancólicos que las señoras del pueblo aprovechaban para echar la última llorera del día. Había algunos señores que también se "atragantaban" con todo lo que estaba sucediendo, pero como los hombres no lloran, tan solo los ojos se les llenaban de lágrimas cuando volteaban para otro lado.

El Sábado de Gloria (ahora le llaman Santo, pero antes así lo conocían), los muchachos, que son tan tremendos, se levantaban temprano para montar a Judas en un burro. Solían llevarlo casa por casa para pedir "maizcrudos", "tenayuques", empanadas, semitas o algo de lo que las amas de casa hubieran preparado en esos días. En el pueblo era bien sabido que en todas las casas habían horneado su amasijo en los cocedores (los cocedores son esos hornos que las familias construyen en el corral y que se calientan prendiéndoles leña dentro hasta que están en punto). Al Judas le cruzaban un morral en el que echaban todo lo que les daban al pasar por las casas. Cuando ya habían recogido un montón de amasijo, todos los del pueblo se reunían en el campo, allá junto a las canchas, debajo de los huizaches, que son tan grandes que hasta dan sombra; y allí bajo esos árboles grandes, escuchaban con atención el testamento de Judas, que dejaba un montón de cosas a los señores del pueblo. Ha de haber sido que les conocía y como él sabía bien que lo iban a "tronar", les dejaba a ellos toda su herencia. Después de haber dado lectura a su testamento, los atrevidos del pueblo quemaban a Judas, que ardía y luego tronaba bien fuerte como un endemoniado porque le habían metido cohetes por todas partes. A nadie le daba lástima ni sentía pena cuando lo colgaban de la rama del árbol y lo incendiaban. Judas vendió a Cristo, por eso la gente se quedaba indolente cuando acababan con él. Algunos de los que estaban allí se reían mucho al verlo arder, debió de haber sido porque, como les había dejado sus cosas, ellos sí estaban contentos.

Era allí, en el campo, con la tronada de Judas, que acababa la Semana Santa. Todos se iban a sus casas platicando de cuantas cosas Judas había dejado en su testamento. Ya por la tarde, la gente del pueblo se veía cansada y casi no había ambiente, todo estaba como muy apagado; decían que *era el cansancio por todo el ajetreo de la semana,* pero yo creo que la gente se ponía medio melancólica porque ya no iban a estrenar ropa ni zapatos, ni iban a poder hacer de comer todas esas cosas buenas que se venían cocinando y disfrutando con gusto desde el Miércoles de Ceniza.

DEL INVIERNO Y LAS POSADAS

Ya pasada la primera mitad de diciembre, en el ambiente se sentía la llegada del invierno. Las chamarras gruesas habían tenido que salir de la petaquilla porque todos los días, al caer la tarde, empezaba a "aletear la grulla". Así decían allá cuando el frío se hacía sentir y se metía dentro de uno, calando hasta los huesos. No es fácil enfrentarse a ese frío que viene acompañado de un viento filoso del que difícilmente se puede uno proteger; es la sensación helada que anunciaba la llegada del invierno. Las tardes de diciembre no son tan largas y puede parecer que el día dura más poquito que el resto del año. El sol alumbra a ratos pero no calienta, sale tarde y se oculta temprano. En esos días, el astro rey ya no pinta el cielo de colores antes de meterse detrás del cerro, por el contrario, cuando llega la tarde solamente deja el ambiente gris e inmediatamente cae la noche. Todos en el rumbo sabían que diciembre no era un mes fácil, que traía el frío, que sus días eran breves y que las tardes no se alargaban mucho, pero eso no importaba tanto, porque al menos por nueve días, había excusa para quedarse fuera de casa hasta ya bien entrada la noche... ¡Con el arribo del invierno, llegaban también las posadas!

La gente de allí contaba que, en otros pueblos cercanos, las posadas eran celebraciones que se hacían en las casas, una familia distinta responsable en cada ocasión. Se decía también que allá en esos pueblos las celebraban con piñatas y con tamales, y que como parte de esas celebraciones hasta daban piquete. La canela, la soda o el café con piquete eran una manera de llamar a esos tragos cuando les echaban un chorro de aguardiente; allá los llamaban así, tragos con piquete. La gente lo tomaba, no porque les gustara emborracharse, sino porque eso ayudaba a aguantar el frío, que por esos tiempos se ponía tan bravo. Si a alguien no le gustaba el aguardiente, no había problema, también podían echarle un chorro de mezcal y también a eso se le llamaba piquete. El chiste era que, al tomárselo, se sintiera lo fuerte del alcohol que calentaba el pecho y no dejaba que los dientes tiritaran de frío.

Puede ser que sí, que en otros lugares dieran tragos con piquete en las posadas pero, no faltaba más, allí en el pueblo, la gente sí tenía la idea muy clara de lo que debían tratar esas celebraciones y, como éstas eran memoria de cuando San José y la Virgen María sufrieron buscando un lugar para poder hospedarse mientras todos les rechazaban, había que organizarlas en la iglesia, con rosario y lectura de las jornadas, que noche a noche instruían sobre las dificultades que tuvieron estos divinos esposos para encontrar un lugar digno donde poder cobijarse de las inclemencias del tiempo. Solían decir las señoras del pueblo al escuchar otras maneras de celebrar esas fiestas: *Faltaba más, tragos con piquete y pachanga en las posadas... ¿A dónde vamos a llegar así?*

Debió de haber sido muy difícil para María y José no encontrar un lugar tibio y acogedor para protegerse de la intemperie, de seguro. Seguramente lo pasaron muy mal porque las noches de diciembre son muy frías. Los que nacimos y nos criamos por esos rumbos sabemos bien que el frío de las montañas es algo que lastima sin piedad. En ese mes el cielo suele ponerse profundamente oscuro, provocando que la noche se vuelva más misteriosa, más lúgubre y más intensa. En aquellos tiempos, las estrellas se podían contemplar bien, brillando a lo lejos, en el fondo del cielo lóbrego que amenazaba con escarcha. Como en las noches de diciembre no había muchas nubes en el cielo, era muy fácil quedarse allí, embobado, mirando para arriba, sorprendido de qué bien y con cuánta claridad se alcanzaba a distinguir la luna, brillante, plateada y mágica. También se alcanzaba a distinguir con mucha claridad las estrellas. Allí estaban el Cinturón de Orión, la Osa Mayor, la Osa Menor y, si se ponía suficiente atención, incluso podía verse bien Venus, también conocido como la "estrella de la mañana". En ese lugar, las noches de invierno son mágicas y uno puede fácilmente encantarse con esos cielos amplios y claros en los que la luna reina como única soberana, cubriendo con su luz de plata todo cuanto existe y provocando que las noches se vuelvan un momento encantador. Pero no hay que dejarse engañar, todos los oriundos de allá sabían lo que eso significaba: un cielo claro en las noches decem-

brinas, era presagio de una buena helada por la madrugada, por eso en la mañana todo amanecía cubierto de
escarcha y, en muchas ocasiones, al levantarse, la gente
tenía que romper el hielo para poder agarrar el agua de
la pileta que amanecía como un vidrio.

El ambiente cambiaba mucho con la cercanía del
invierno, todo se ponía mas especial. Era común caminar por las calles del pueblo –ya fuera por las mañanas
o por las tardes– y percibir el olor a leña quemada. Las
calles y los callejones estaban llenos del humo que salía de las chimeneas de las cocinas, anunciando que las
familias estaban tratando de calentar la casa a fuerza
de lumbre bajo el comal. Al meterse el sol, el viento
frío que llegaba del norte, de allá de detrás del Cerro
del Agua Caliente, obligaba a todos a abrigarse bien
para protegerse de las inclemencias de la temporada y,
cuando repicaba la campana, llamando a las posadas,
todos protegidos con gorras y bufandas, marchaban a
la iglesia, a rezar el rosario y a escuchar en la jornada lo
difícil que fue para José y María vérselas con el frío del
invierno, que atacaba con toda su fuerza, sin nadie que
quisiera abrirles las puertas de su casa.

Al termino del rezo y del canto, después de haber
tocado la campanita que anunciaba que ese día José y
María sí habían encontrado un alma compasiva que los
hospedaba en su casa, la dueña del día (es decir la señora que organizaba la posada), se paraba en la puerta
de la iglesia y con mucho orden, comenzaba a repartir
el aguinaldo a todos los que, con tanta devoción, ha-

bían asistido al rezo. El aguinaldo era siempre distinto porque cada dueña del día lo preparaba de acuerdo a sus posibilidades. Al recibirlo, se le agradecía educadamente y luego, en el atrio, después de haberse puesto la gorra que uno se quita cuando entra a la iglesia y de haberse amarrado la bufanda que protege la garganta del frío *evitando que se fuera a agarrar una de esas infecciones de invierno,* se abría el paquete para ver lo que en él habían echado. Camino a casa todos escogían bien los dulces, las paletas, las palanquetas (que allá se las conocía como "muelas") y los bombones, y cuando la generosidad lo permitía, también los chocolates. Los cacahuates y las galletas de animalitos no llamaban mucho la atención, era bien sabido que eso iba allí solo como relleno. Las mandarinas y las naranjas sí que eran importantes. Había que consumirlas antes de irse a dormir porque las mamás, que lo saben todo, decían que tienen mucha vitamina C y esa vitamina es muy importante para que el cuerpo se defienda del catarro y de la gripe... *y es que con los fríos que se daban en diciembre por esos lugares, oiga usted, era muy fácil enfermarse.*

DE LO QUE QUEDÓ SIN SER NARRADO

Se podrían escribir muchas cosas más sobre este pueblo, sobre la gente que lo habitaba y sobre las aventuras que allí se vivían. Podrían ser muchas más las páginas en las que se honraran esos ayeres que hoy en el recuerdo viven como una mezcla extraña entre lo que fue y lo que pudo haber sido. Son sin duda muchas las experiencias que se quedan asentadas en el corazón, cuajándolo con nostalgia y gratitud. La vida da para tanto, y siempre es más, mucho más…, de ahí que surja el conflicto en el momento de elegir los recuerdos que compartimos y aquellos que nos guardamos como privilegio insondable, como propiedad personal, como espacio en el que no dejamos entrar a nadie.

Se podría narrar –por ejemplo- la tristeza que dejaban en el ambiente aquellos que se aventuraban "al norte", allá donde se ganan dólares y la vida es diferente. Desde siempre esas tierras han sido fértiles en hombres y mujeres que, lanzándose a la aventura del camino, dejan atrás lo conocido para conquistar esa misteriosa y fascinante realidad de lo desconocido, que parecía estar tan distante de los que atrás quedaban. A su partida, los que se marchaban, dejaban casas vacías, familiares tristes y posibilidades sin cumplir. Por muchos días, después de haberse marchado, la sensación de tristeza parecía asentarse de manera cruel en quienes nunca iban a poder salir de ese lugar. Las madres y las esposas lloraban inconsolables, los padres se quedaban en silencio como con temor de pronunciar algo, pues no querían que se les notara la voz quebrada; los hermanos menores y los hijos se quedaban más callados y en el ambiente flotaba la sensación tremenda y pesada de que alguien hacía falta. El dolor de esas ausencias se aminoraba un poco con la correspondencia que luego se establecía entre los que se quedaban y los que se habían ido. Cartas iban y cartas venían y, en ellas, se decían cosas que no tuvieron valor de pronunciar cuando estaban frente a frente. Más tarde llegó el teléfono al pueblo. Lo colocaron en una caseta que se encontraba en la tienda del lugar y, lo cierto, es que vino a mitigar un poco el dolor de las nostalgias.

Claro que había épocas del año cuando la migración se volvía causa de celebración. Eso se daba al regreso de los norteños que llegaban en el tren. Algunos lo hacían de sorpresa pero la mayoría avisaba por adelantado a la familia de su arribo, y entonces, los familiares y amigos se reunía en la estación para esperarles, algunos incluso eran recibidos con la música de la banda local que en esas ocasiones tocaba mientras el recién llegado y todos los que le querían avanzaban hacia la casa. Los días siguientes eran de alegría y algazara para todos en el hogar del recién llegado. Se abrazaban mientras se entregaban regalos traídos del "otro lado" y, durante esos días, la mamá se encargaba de cocinar los platillos favoritos del "hijo ausente", porque era bien sabido que el día de partir llegaría más tarde que temprano y entonces el corazón encontraría consuelo en el saber que la visita se aprovechó al máximo.

Pudiera contarse también la historia de algunos que tuvieron la buena fortuna de marcharse a la ciudad para estudiar una carrera universitaria. De pronto estos afortunados se volvían orgullo para todos los oriundos del lugar. Al volver de visita, ya no les llamaban por su nombre, ahora eran "el doctor", "el maestro" o "el ingeniero". De alguna u otra forma, los lugareños sabían que esos personajes ya no serían parte de la experiencia cotidiana del pueblo, sin embargo, tenían la certeza de que, sin importar hacia donde les iba a llevar el destino, las raíces estaban fuertemente hundidas en esas tierras, y eso les aseguraba que "siempre serían de allí"; que tarde o temprano volverían convertidos en personas de éxito y, como allí todo se compartía, se sabía bien que ese éxito no podía ser considerado privilegio personal, sino posesión colectiva. En el pueblo siempre se vio como "privilegiados" a quienes tuvieron la oportunidad de salir de allí para estudiar, o para buscar mejor fortuna, o simplemente por las ganas de descubrir si era cierto que más allá había algo más. Pero ¿quién lo sabe? ¡Quizá los verdaderamente afortunados fueron los que se quedaron...!

Podría también ser narrada la experiencia de los aficionados a la pesca. Nos podríamos perder en esas noches interminables que se vivían a la orilla del río cuando un grupo de amigos decidía ir a "probar suerte con el anzuelo". Claro que era importante tirar las maromas, tender la red y asegurar con piedras las cañas en el arenal de tal manera que, cuando llegara la madrugada, los bagres, las lobinas o las mojarras pudieran ser contados por docenas. Todo lo que se pescaba se colocaba en las jarillas que, con forma de horqueta, aseguraban el fruto de esa noche de trabajo. Regresaban a casa contentos porque la noche de pesca ahora daba para una buena comida a la familia. Pero era bien sabido que lo que se pescaba no era lo más importante de la aventura, lo verdaderamente interesante era pasar la noche tomando mezcal y contando historias de miedo, de esas que provocaban que cuando soplaba el viento entre las jarillas, haciendo un ruido tan particular, todos se sintieran asustados pensando que eran las "ánimas en pena" que se acercaban. Había quienes aseguraban verlas y podían incluso identificar entre ellas a fulano o a zutano, que no hacía mucho había muerto y ahora andaba vagando entre los vivos. Esas noches de luna llena se volvían una oportunidad para la velada, para compartir experiencias y planear la vida, para soñar despiertos y sentir que de verdad cada quien era dueño de su propio destino. ¡Eso de ir a pescar toda la noche… sí que era un verdadero acontecimiento!

Quizá también pudieran contarse las aventuras de quienes subían al monte a cazar. Entonces se tendría que explicar cómo era eso de que a la caza se iba cargando, aparte del fusil, solamente sal y tortillas; así se aseguraban de que para comer, había que conseguir algo. La regla estaba clara: el buen cazador confía en su habilidad y destreza y va a la aventura confiando en que comerá bien, porque con un poco de suerte antes del anochecer, el grupo ya estará destazando un venado. Cuando la noche comenzaba a caer y no se había conseguido presa alguna que valiera la pena, había que asegurarse con lo que fuera, de allí el viejo dicho: *Si camina o vuela, acaba en la cazuela.* No había en el carácter de esos aventurados espacio para despreciar la presa que la buena suerte había colocado en su camino. ¡Y vaya usted a saber lo que tantas veces se acababa guisando en el fuego en torno al cual se armaba la conversación animada y el rato bien pasado, mientras la cena estaba lista!

Cierto, se podría contar tantas y tantas otras historias. Como cuando llegaban los soldados al pueblo y establecían un cuartel temporal en la escuela… ¡eso sí que daba para novedad! O cuando los gitanos visitaban el lugar y, mientras los hombres levantaban una carpa para allí presentar su función de cine, las mujeres de falda larga y hablar extraño deambulaban por las calles, tocando las puertas de las casas para adivinar la suerte de los lugareños, ¡eso sí que causaba conmoción! Quizá también podría ser narrada la aventura de ir a cantar "las mañanitas" casa por casa el día 10 de mayo por la madrugada para luego volver corriendo y presentarse frente a mamá con un regalo que mostrara el cariño que se le profesaba, ¡eso sí que daba para celebrar! Cada mes de agosto se veía la subida de las familias a la montaña, "al rancho", donde se permanecía al menos por tres meses, haciendo queso, requesón y mantequilla y viviendo en condiciones tan primitivas que la felicidad quedaba al alcance de la mano para todos, confirmando que para estar bien, para tener tranquilidad, para vivir en paz, no se necesita de tanto… ¡también eso pudo ser narrado!

Así es, son muchas más las aventuras que quedarán sin ser tocadas por estos intentos de memoria. Todo ello también valdría la pena contarse. Que las narren otros, y que les pongan la sazón de su experiencia como una manera de hacerlas suyas. Yo aquí me quedo, agradecido y satisfecho, mirando hacia el frente, con la certeza de que allá es donde sigue esperando la vida; sabiendo que, animado por lo que aquí se cuenta, marcho a su encuentro seguro de que sí vale la pena seguir viviendo, convencido de que mientras se vive, se tejen las historias con las que otros vestirán sus propios recuerdos. Al fin y al cabo somos solamente eso, juglares del ayer, mientras en el presente tejemos los cánticos que van a cantar los juglares del mañana. ¡Avancemos pues hacia adelante, que la vida nos espera!

Y LUEGO… OCTUBRE LLEGÓ Y SE FUE

Tuvieron que pasar muchas lunas para que yo aprendiera a valorar estas vivencias que en el recuerdo se han quedado como reliquias de un ayer que se niega a disolverse en el olvido. Lejos, en el espacio de estas tierras, distante de todos esos rostros y de todos esos nombres que en su momento le dieron vida a estos intentos de memoria; lejos en el tiempo de cada una de estas vivencias que de manera definitoria marcaron la vida de tantos. No hace mucho tiempo, tuve una experiencia que me animó a valorar el ayer como un tesoro digno de ser revisitado.

Una tarde de otoño, cuando la jornada de trabajo cotidiano todavía no dejaba vislumbrar el final de la misma, en la compañía de algunos buenos colaboradores, mientras hacíamos planes de futuro, contemplando el calendario, me di cuenta de que el mes estaba ya recorriendo su última semana. Con una mezcla de sorpresa y preocupación exclamé en voz alta: *¿A dónde se fue el mes de octubre?* Un buen amigo, que estaba allí presente, exclamó con frescura: *¿Que a dónde se fue octubre…? Más bien hay que preguntarnos: ¿A dónde se fue este año?* Se encontraba también presente una compañera de trabajo y, al escucharnos conversar terció: *¿Que* *a dónde se nos fue este año...? Más bien preguntémonos: ¿A dónde se nos va la vida?*

Eran los finales de 2014 y, por primera vez en mi experiencia, tuve la temerosa sensación de que la vida pasa muy deprisa y que se escapa sin pedir permiso, que se nos acaba sin dar tiempo a que terminemos todo lo que hemos planeado. Después de la experiencia vivida esa tarde, cuando confirmé que de verdad "el tiempo se fuga", todavía tuvo que pasar más de un lustro para atreverme a plasmar estas memorias, y me atreví a hacerlo animado por la certeza de que al narrarlas, estoy tratando de entretener la prisa con la que los ayeres quieren desaparecer, convencido también de que en estas páginas, estoy honrando a los protagonistas de cada una de las vivencias que aquí comparto, gente común que sin saberlo, hacía historia al vivir.

Los personajes que dieron origen a todas estas memorias fueron gente sencilla y de costumbres nobles que, en el día a día de lo cotidiano, lograban, sin que entonces lo percibiéramos con claridad, convertir la rutina de lo ordinario en algo extraordinario. El quehacer habitual de todos estos hombres de campo y todas estas mujeres de hogar, su capacidad tremenda para llenar de originalidad lo frecuente, su esfuerzo constante por querer hacer de las generaciones jóvenes "gente de bien", su convicción de que la vida es un regalo maravilloso y una aventura por vivir más que un problema por resolver, su confianza absoluta en que lo único verdaderamente importante es hacer el bien y no esperar ganancias a cambio, su capacidad de asombro, su intuición ante las dificultades que se presentan, su fuerza increíble para vivir y seguir viviendo a pesar de que las cosas no siempre salen como uno quisiera; todo ello es un legado que he querido honrar, plasmando en estas páginas la simpleza de su saber vivir bien.

Estos recuerdos se quedaron conmigo para siempre, dándome una gran lección: la vida pasa aprisa, pero no se escapa, ni se disuelve, ni se pierde; por el contrario, se acumula, se vuelve añoranza, se inmortaliza. Me di con ganas a la tarea de buscar con esmero y, hurgando con atención en esos ayeres, me encontré con todas estas vivencias. Fue entonces que descubrí con sorpresa que allí estaba la respuesta a aquella pregunta sentida que una tarde de otoño exclamé con estupor: *¿A dónde se fue el mes de octubre...?* ¡Se fue al corazón, y allí se volvió memorias...!

+ + + + +

EPÍLOGO

Recientemente tuve la fortuna de volver al lugar que dio origen a estas memorias. Como lo hago siempre que los caminos recorridos me llevan hasta allá, esta vez, también me tomé tiempo para visitar el cementerio. Fui a ese lugar a compartir un rato con aquellos que en su momento protagonizaron las historias que en estas páginas han quedado plasmadas como vivencias de ayeres que se resisten a desaparecer en la turbulencia del presente. Pensé que después de todo, era muy justo pasar por allí a darles las gracias y decirles que todavía no son olvidados por completo. Valiéndome de que les tenía tan cerca y sin distracciones, aproveché para conversar con ellos y decirles que hicieron bien en morirse, que las cosas acá han cambiado tanto que si las vieran, seguramente igual ya no se sentirían en casa. El silencio de su respuesta me hace pensar que están de acuerdo conmigo...

Los cementerios son lugares tranquilos, callados, solemnes. Hay quien puede incluso argumentar que aparte del silencio, allí no hay nada, pero se equivocan. El descanso sombrío de quienes reposan en ese lugar nos indica que en los panteones hay mucho más que despojos, duelo y recuerdos; ¡el campo donde yacen los muertos está también lleno de esperanzas, de promesas por cumplir! Y por eso creo que hicieron bien marchándose de nuestro mundo… Con su partida nos dejan un último regalo que podemos interpretar como herencia gratuita para los que llegarían después de ellos: nos abren una ventana al "más allá", donde la esperanza queda colgando como único recurso en contra del fastidio permanente que se instaló en el "más acá" desde hace tiempo. Es a esa esperanza colgada por encima de nuestro alcance que somos llamados a aferrarnos con fuerza para no perder el rumbo, para seguir avanzando a pesar del cansancio mismo, a pesar de muchas veces sentir que la marcha ha perdido el sentido y que ya no vale la pena.

Es difícil no contagiarse con desesperanza por la fuerte impresión que deja el ver las calles tan desoladas de ese pueblo, llenas tan solo con el hastío de un mediodía que pareciera querer acabar con todo, cargadas con el peso de un sol abrasador que provoca que todo se vea aun más abandonado. La aridez que desde hace tiempo se asentó en ese lugar parece no querer irse a ningún otro lado; esa aridez taladra el corazón provocando que éste punce con nostalgias por tiempos que ya no son y gentes que ya no están. Las calles que en otros tiempos estuvieron llenas de ruido, de voces y de gente, se han quedado vacías de todo, ¡se llenaron de nadie!

El sol cayendo a plomo sobre mi cabeza me llevó hasta el centro del camposanto, allí donde se levanta majestuosa y solemne la Cruz del Perdón. Cuando llegué a ese lugar, cerré los ojos, pensé en los muchos que tuve la fortuna de conocer personalmente y que ahora yacen bajo esa tierra. Recordé nombres que ya no se pronuncian y rostros que ya no se contemplan... todos ellos en su momento fueron protagonistas de historias y aventuras que, si no tenemos cuidado, si no seguimos narrando, corren el riesgo de ser olvidadas para siempre.

Fue allí, bajo el sol ardiente como único testigo de mi visita al cementerio, contemplando las tumbas en las que reposan los que ayer estuvieron, cuando de pronto comprendí que bajo ese campo santo descansan los protagonistas de ayeres, que en la vida de muchos se han quedado como cimientos sólidos en los cuales se puede construir con confianza. Entendí que bajo la sombra de la cruz que marca sus sepulcros, reposan las memorias que dan sentido a la existencia de hombres y mujeres que hoy en día luchan por establecerse como el cimiento de futuras generaciones, mientras se esfuerzan por crear historias que den sentido a la vida de los que vienen después. Me di cuenta de que es el testimonio de generaciones pasadas lo que inspira y anima la lucha cotidiana de las generaciones presentes. Comprendí la deuda tan grande que tenemos con todos los que en ese lugar reposan, y por eso, antes de partir les dije: ¡Gracias!

Cuando me marché de allí, cerré la puerta del cementerio y avancé hacia el frente, desandando ese camino que, a pesar de ser bien conocido, sigue llenando el corazón de sobresaltos cuando sobre él deambulamos. El peso del momento se suavizó con un pensamiento que en ese instante cruzó por mi mente con tintes de certeza: ¡Animados por las vivencias del ayer, seguimos hacia delante! Somos el resultado de una historia forjada en el paso a paso de un deambular sin rumbos y sin prisas. Aun sin siquiera percibirlo, los encuentros nos entretuvieron, nos enseñaron y nos enriquecieron; en el coincidir y seguir coincidiendo, nos volvimos más humanos, enriqueciendo la jornada con el don —ni siempre tan bien apreciado— de la convivencia.

Las vivencias de ayer no están lejos y, a pesar de sentirlas tan frescas y de comprender que en ellas podemos encontrar algo de deleite, de enseñanza y gratitud, debemos aceptar que ya han quedado atrás… de pronto el presente puede sentirse pesado y sin sentido y, si nos entretenemos en eso, corremos el riesgo de estancarnos, por eso somos llamados a caminar hacia el frente, siempre hacia el mañana, *¡porque no importa cuán pesado pueda sentirse el camino, es siempre más allá donde nos está esperando la vida!*

Made in the USA
Monee, IL
14 June 2021

71294228R00059